小さな声の向こうに

塩谷 舞

文藝春秋

Aesther Chang と
彼女の作品
『Crescent』（2020）
尾道 NAGI にて

AKI INOMATA『彫刻のつくりかた』(2018-)
森美術館にて

李禹煥『応答』（2021）国立新美術館にて

Alla と Vit とのあさごはん（著者宅にて）

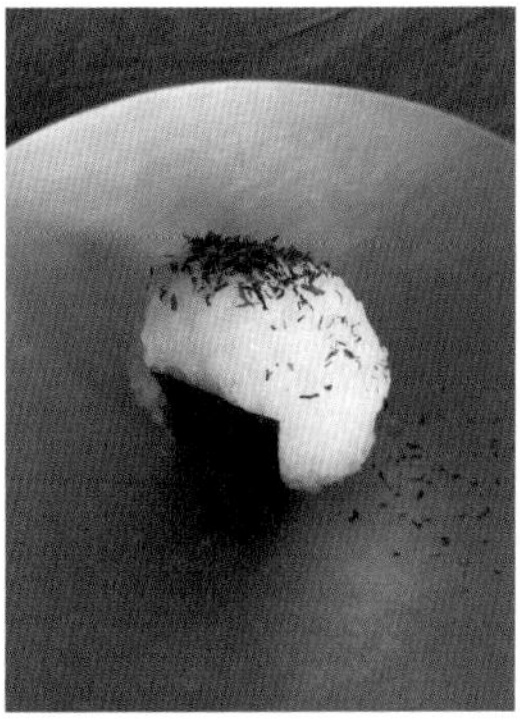

Alla がにぎったおむすび

窓辺に飾った Aesther の水彩画

滔々 toutou 倉敷民藝館南店にて

ippo plusのセカンドスペース無由

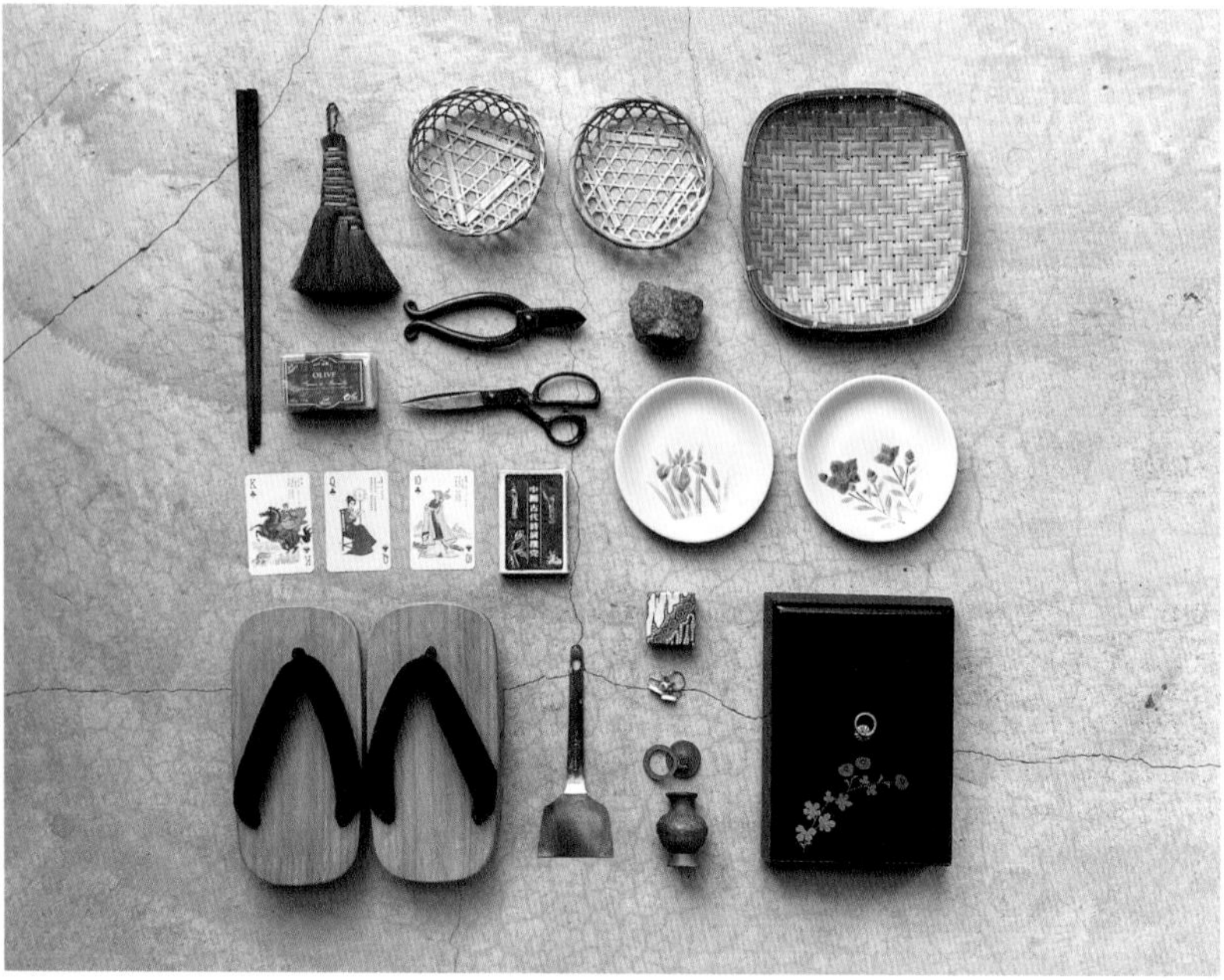

祖母から譲り受けた古道具たち

緋毛氈と抹茶のコントラストが美しい

森夕香さんの描いた桔梗の花

京都 かみ添にて Aesther Chang と

寝室にお気に入りを並べて

「一畳十間」が手掛けた空間

古琴の練習をする著者

自宅の執筆机と桜の木

乙女湖とホトリニテを望む雪景色

The Noguchi Museum にて「Akari」

燭台、熱燗器、古墳時代の土師器

Alla が羊毛でつくった繭のようなドレス

はじめに

今夜は嵐のように強い風が吹いている。

窓の外では蕾を携えた桜の枝が大きく軋《きし》み、空からは轟音《ごうおん》が鳴り響く。不穏なばかりの夜からできるだけ距離を取るように全ての窓をぴたりと閉めて、部屋の中で耳に馴染んだ静かな音楽を流し、飲み慣れた茶を淹《い》れる。呆れるほどに何度でも反復してきたそんな行為の中に身を置くことで、心はいくらか穏やかさを取り戻していく。文章を書く前には、そうした準備運動が必要だ。

いまから3年前の冬の終わり、抜き差しならない事情によって私の心は枯れ果てていた。なにを目にしても感情は動かず、身体は鉛のように重く、食べるものの味もよくわからない。ちょうど初の著書を出し、これからエッセイストとしての人生を歩んでいこう——という時期ではあったものの、その資本となる心がまったく使い物にならなくなっていた。配達員をするには車やバイクが必要だし、食堂を営むには食材の仕入れは欠かせないし、アスリートには身体が資本となるように、エッセイを書くためには心の機微を欠かすことはできない。

もちろん心の動きを外に向けて伝えていくというのは、危うくて脆《もろ》い仕事だ。でもそんな当たり前のことに気がついたのは、その道を舗装してもらい、しばらく歩き始めた後だった。自らのリアルな生活を、心を商品にしていくだなんて、とんでもない道を選んでしまったのかもしれない。いまから引き返しても良いものなのだろうか……と迷いながら無味乾燥な景色の中を歩いていたら、道端に白い梅の花が咲いていた。

まだ凍れる寒さが残る中で、静かに咲いていた梅の花。桜のように開花の時期が騒がれることもなく、その側で賑やかに花見をする人たちもいない。けれどもその静けさが、凜としていて美しい。

あぁ、美しいな……と心が動いた。すっかり水分を失っていた心に、コップ一杯の水が注がれたような感覚だった。

それから心に水を撒いていくように、私は美しいものを求め始めた。

それまでほとんどの時間を人とも会わず、生産的なこともせずに家で過ごしていたのだけれど、心が動くものをこの目で確かめたいという欲は外に出る理由になり、人と会うことの心理的な障壁をも溶かしてくれた。また、美しい景色を部屋の中にこしらえようと手を動かすことで、明日その続きをやることが楽しみになり、気持ちが少しずつ前を向き始めた。そうすることで次第に、心は喜怒哀楽を取り戻していった。

私はどうして悲しいのか？　なぜ怒っていて、なにがこんなにも情けないのか？　心の様子を窺いながら言葉を綴る。その結果できた文章は「商品」としては世に出しづらいものばかりではあったけれど、書くことは仕事である前に、生き甲斐でもあったことを思い出した。

まるで自分に対してセラピーをしてやるように、文章を書き続けた。そうして時間が過ぎていき、私はまたこうして世に届けるための本を出せるまでに元気になった。だからこの本は、3年前から今日に至るまでに私の心を動かしてくれた、美しいものたちへの感謝と礼讃の書でもある。

本書には、私がnoteで密やかに更新している『視点』というマガジンから17篇、雑誌などに寄稿したものから3篇、それぞれ大幅に加筆・修正した上で収録し、さらに4篇を書き下ろしている。章のテーマに沿って各篇を配しており、時系列順に並んでいる訳ではないので、冬の話を読んだかと思えば次の頁では突然夏……といった具合に寒暖差が激しくなってしまうことをお断りしておきたい。表題にある〝小さな声〟というのは、物言わぬものたちの声であり、自らの身体の声でもあり、他者と共に生きる上でのさまざまな摩擦であり、そして経済合理性が追い求められる社会では掻き消されてしまいがちな「美しいものを守りたい」という叫びでもある。

全編のほとんどを、美しさへの探求に捧げている本書は、現実逃避的だと見られる向きもあるかもしれない。事実、私は自らをとりまく現実の中で起こった諸問題の多くをここには収録せず、日記として人目のつかないところに記録しているのだから、この本が浮かび上がらせるであろう風景に現実味のなさを抱く人もいるだろう。ただ、読者の方がいまどういった状況の下で本書を手にしてくださっているかはわからないけれど——私たちが生きるこの現実社会は、もはや無防備なまま歩いていけるような穏やかなものでもない。

差別、戦争、虐殺——人の心を失った者たちの愚行は止むこともなく、平和への願いは今日も虚しく踏みつけられている。この国の中でも権力者たちによる理不尽は大きな顔をして横行し、SNSでは極論と極論が泥を撒き散らしながらぶつかり合っている。私たちがいま生きている現実は、そういう薄汚い場所だ。

そんな時代であっても、美しいものは確かに存在している。

いやむしろ、絶望や無力感に苛《さいな》まれてしまうような時代だからこそ、美しいものは慰めとして、切に求められているのかもしれない。美しさに触れる湯治《とうじ》のような時間を持つことで、ふたたび現実を生きていくだけの力を得られることだってあるだろう。少なくとも、私はそうやって心を守りながらいまを生きている。

やがて、外の風はいくらか穏やかになったらしい。窓を開ければ、ほのかに春の香りがする。冬の終わり、ちょうど今年も梅の花が咲く季節だ。

寒さの中で、小さな喜びをもたらしてくれる梅の花のように。この本があなたにとって、そうした存在になることができればと願う。

小さな声の向こうに　目次

V　小さな声で話してみる

小さな声の向こうに

I　美しさを探して

ここに目的地をつくる

茶葉を入れたカラフェに水を注ぎ、冷茶をつくっておく。米を研ぎ、オクラのガクを取ってから板ずりをする。次はテーブルの上を片付けて……と食事の下ごしらえと掃除を進めながら、あの家で来客を待つ時間が好きだった。いや、そうする他になかったとも言えるのだけど。

ニューヨークのレストランはどこも、大きな音が鳴り響いていた。BGMが大音量だから人の声も大きくなるのか、大きな声で喋るからこそBGMも大音量になるのかはわからないけど、30代手前で初めての海外生活を始めた私にとってそこは「英語を理解しているフリをして相槌を打つのが上手になる場所」になりがちで、そうすると深まるであろう仲も深まらない。中でもこの日の来客——画家のAesther《エスター》 Chang《チャン》は、ささやくように小さな声で話す。彼女とのお喋りを楽しむには、私的な空間が必要不可欠だった。

夕食の準備も終盤となったところで、エントランスに着いたよと彼女からの連絡。ようこそ！　と迎えつつ、夕食の仕上げを手伝ってもらう。Aesther は任された仕事を丁寧にこなしながら、私が使っている調理器具や調味料を珍しそうに眺めて、これは何？　これはどうやって使うの？　と興味津々。彼女の両親は台湾出身で見た目こそ私たちとよく似ているのだけれど、本人はこの国で生まれ育ったアジア系アメリカ人。「アジア人」の友人は少々珍しいようで、私の暮らしに染み付いた異国の暮らしをいつも熱心に観察していた。

そうしているうちに夕食は無事完成し、冷茶で乾杯。2021年の7月の終わり、二人きりのささやかな farewell party――私の送別会が始まった。

遡ること2年半前。寒い冬を凌ぐためのニットを探してソーホーにあるブティックを訪れた私に、快活な店員さんが「この子、画家をしてるの！」と東アジア系の若い女性を紹介してきたのが始まりだった。Aesther Chang と名乗るその女性は遠慮がちに、自らが描いたというポストカードを指し示した。美大を卒業してまもない彼女はどうやら画家としての道を模索しつつ、ここでアルバイトをしているらしい。彼女の絵や雰囲気にどこか惹かれるところがあったのでポストカードセットを買わせてもらおうとレジに運ぶと、彼女は恥ずかしそうな笑顔を見せた。ニューヨークにもこんな控えめな子がいるのだな……と新鮮に思ったのだけれど、その第一印象はあっという間に覆《くつがえ》されたのだった。

彼女は私をすぐお茶に誘い、「侘び寂びの、侘びと寂びはどう使い分けているんですか?」『陰翳礼讃』のように、日本の美意識を知ることができる本のおすすめはありますか?」と次々に質問を投げかけてきたのだ。私はもちろんたじたじである。だって、カフェの喧騒で彼女の英語が聞き取りづらくて……というのは半分言い訳で、そもそも質問に対するしっかりとした答えを持ち合わせていなかった。

これは喧騒に囲まれず、さらに言語以外でのコミュニケーションもできる場に移動したほうが良さそうだと、私は後日彼女を自宅に招いた。そこで画集を一緒に眺めたり、好きな音楽を教え合ったりして、私たちは互いの価値観を少しずつ知っていくことが叶った。

彼女の両親はそれぞれ、台湾で生まれ育った。けれども二人が出会ったのは故郷から1万2000キロ以上離れたボストンの教会だったそうだ。敬虔なクリスチャンであった二人は神様に導かれるようにして互いを見つけ、そして家族になり、兄のPhilと妹のAestherが生まれた。

そんなバックグラウンドを持つ彼女は家族を深く愛しながらも、成長過程で自らのアイデンティティに悩まされることもあったらしい。家庭内の公用語は中国語だったために、小学校入学と同時に始まった英語生活では大変苦労し、クラスの男子に発音がおかしいと揶揄《からか》われたり、思春期には周囲に合わせて目を大きく見せようと、まぶたに糊を塗ったり。母国で生きているのにマイノリティであるという彼女の立場は、芸術の道を志す理由の一つにもなったのだろうか。成長した彼女は画家としての表現を模索しながらも、自らのルーツがある台湾、そしてそこにさまざまな影響を落とした日本の文化に深い関心を抱いていった。そうした折にたまたま「京都の芸術大学で美術を専攻していた」と自己紹介する日本人がバイト先に現れたのだから、内側にあった好奇心を全力でこちらに向けてきたのだった。

彼女が抱いていた日本文化への強い関心は、そのまま私の好奇心に火を灯した。いや、幼い頃からずっと好きだったものを彼女に思い出させてもらった、というほうが適切かもしれない。

幼い頃の私は日本の古い街並みが好きで、和服が好きで、そうしたものに確かに心をときめかせていたのだ。でも思春期の頃、そうした嗜好はなぜか途絶えた。その理由は何だったかな……と記憶を辿っているうちに、私も彼女と同じようにまぶたに糊を塗っていた高校時代を思い出した。ティーン向けの女性誌で「一重まぶたさんはメイクをする前にアイプチを」と義務のように書かれていたのだから、ドラッグストアでそれを購入してまぶたに塗った。夏の暑い日は、汗で剝がれて一重がバレてしまわないだろうか……とヒヤヒヤしながら高校生活を送っていたものである。些細なことではあるけれど、そうしたことが積み重なって、日本的なものに対しての興味と誇りを徐々に手放していったのかもしれない。

Aestherと出会ってからの私は、自らの嗜好を忘れていた空白の期間を埋めるように、母国の文化にまつわる本を読み漁った。そして時折、その内容を彼女と共有したのだった。

送別会も終盤にさしかかり、私たちは彫刻家イサム・ノグチの『I become a Nisei』という本を一緒に読んだ。日本人詩人の父とアメリカ人作家の母との間に生まれたイサム・ノグチは太平洋戦争中、自らの意思で日系人の強制収容所に入所したのだけれど、この本はそうした環境下で綴られた手記だった。たとえば、次のようなことが書かれている。

日系一世たちは祖国での暮らしを回顧しながら、木を彫ったり、花を活けたり、日本的な庭園をつくったりしている。一方で二世たちの話し方や振る舞いは典型的なアメリカ人風で、彼らは日本の芸術や文学を知らない。

しかしそんな彼らは、「日本人だから」という理由で収容所に入れられていたのだ。アメリカ人でも日本人でもない、拠って立つ文化を持たない二世たちの境遇に、ノグチは思うところがあったのだろう。そこで彼は「日系二世たちも祖国の文化資源に目を向けるべきだ」と手記の中で力説した。そうすることで、アメリカという民主主義国家の中に間《はざま》の文化が生まれ、それがこの国の創造性を開花させるのだと——。

そうした文章は一見、日系二世たちに向けて書かれた提言のようにも見える。しかしこれは、アメリカと日本の間で生まれ育ったイサム・ノグチ自身が、そのアイデンティティを確かめるように自問自答しつつ書いた文章でもあったのだろう。事実、彼はこの手記に掲げた通りに、その人生を捧げて間の文化を育んでいったのだから。

そんなノグチは戦後、北鎌倉にある北大路魯山人の所有する古民家にしばらく夫婦で住まわせてもらい、そこで魯山人の土を貫い受けて作陶していた。陶芸家であり美食家でもある北大路魯山人、というとどうしても彼をモデルに描かれた『美味しんぼ』の海原雄山という癖の強いキャラクターで脳内再生してしまうのだけれど……（実際のところ、魯山人は漫画以上に癖が強かったというけれど、ノグチとは相性が良かったらしい）。ノグチはこの北鎌倉の生活の中で、四季折々の自然が生活の内側に入り交じる日本の暮らしに驚き、それを人と自然の「交響曲」であると称したそうだ。そんな彼がデザインした和紙製の照明シリーズ「Akari」は暮らしの中にある日本的な美として愛され続け、今日も世界中でその明かりは灯されている。

「いつか日本に長期滞在して、その美意識を深く学びたい」とAestherはよく話していた。じゃあ、ノグチが魯山人のところに滞在制作をしていたみたいに……というのはあまりにも求めすぎかもしれないけれど、私は彼女にとって最適な滞在場所はないかと、度々日本のアーティスト・イン・レジデンス施設を調べていた。ただ、アートという枠組みの中で探すとどうしても、欧米的な思想重視の施設が多くなってしまう。そうではなく、朝目が覚めてから夜寝る瞬間まで、五感を通して美意識を育んでいけるような環境はないのだろうか。文化はアートと呼ばれるものだけではなく、衣、食、住、そしてそれらを形作る土や、草花や、空気や光にも宿っているはずなのだし……と探しているうちに、それならば自分でつくってしまったほうが良いのでは？　と思い至るようになった。

私の母国に、そこに根付いた文化を味わえるような美しい住環境をこしらえていき、Aesther Changのような芸術家を迎え入れられるようにする——それは、生涯の目標とするにも相応《ふさわ》しい。

ついでに書いておくと、その頃の私は離婚直後。アメリカに来た当初の理由……つまり家族の扶助というお役目も綺麗さっぱりなくなっていた。苦労して手にしたビザを廃棄することは惜しかったけれど、次にやるべきことは故郷にある。ハドソン川のほとりに借りていたアパート契約更新日にあわせて、引っ越し業者を手配した。

ブルックリンまで戻るための最終バスの時間も近づいてきたので、そろそろお開きにしようか……という頃、Aestherは私に大きな封筒を渡してくれた。なんと、作品を餞別《せんべつ》に持たせてくれるのだという。汚さないように注意深くそれを開けてみると、橙色の濃淡が印象的な水彩画が現れた。紙に多くの余白を残したその作品は一見控えめに見えるけれど、その余白には確かな意思がある。まるで彼女そのものだ。

それを見た瞬間に、不安でしかたなかったニューヨークでの地獄のような生活や、その中ですがるように見つけた美しいもの、そして彼女と徐々に親しくなっていった日々が頭に次々と浮かび、思わず涙が溢《あふ》れた。そんな私を前に彼女は、恥ずかしそうに笑った。

「日本に来ることになったら、私を頼ってね」

「うん、次は日本で会おうね」

と約束を交わし、最終のバスに乗って帰る彼女を見送った。

翌日からは、怒濤の現実が待ち受けていた。2日後には引っ越し業者が来て、3日後にはフライトなのだ。私はいつだって作業に対する見積もりが甘い。食器や本を大急ぎで梱包し、段ボールに詰め込んでいく。睡眠を削り、身体を限界まで働かせながら作業を続け、たくさんの段ボールと大型家具は引っ越し業者に運んでもらって船便へ。そして原状回復を済ませ、キッチンカウンターに鍵と退去書類を置き、スーツケース2個を転がしてJFK発・成田行きの便に乗り込んだ。猛烈な疲労はたちまち睡魔となり、目が覚めたらそこはもう知床半島の上空だった。

久々に我が身で感じる日本の夏。ホテルから一歩外に出ると強烈な湿度と蟬たちの大合唱が押し寄せてきて、思わず足が竦《すく》む。でもはやく棲家を確保せねばと、ずっと物件サイトごしに狙っていた年季の入ったコンクリート造りの部屋を内見して、その場で契約。そして無事入居できた日に、アメリカから持って帰ってきたスーツケースの一番奥に入れていた大きな封筒を取り出して、額縁専門店へ向かった。

数日後、白木のフレームで額装された Aesther の水彩画を新居の壁に飾った。それをあらためてじっくりと観ながら、私は本当にアメリカで暮らしていたのだな……と白昼夢のようだった数年間を思い返す。向こう見ずに渡米した異国での挑戦はこれにて終了した訳だけれど、それは新しい暮らしの始まりでもある。

「ひとまずは、この家を旅の小さな目的地にしていこう」

まだ家具のほとんど揃っていない新居で、私は一人そう決意したのだった。

でも、私は好き。

「器のこと知りたいけど、どっから手つけたら良いかわからへんくて……」と銀座で小籠包をつまみつつぼやいていた私に、「ほんなら、いっぺんうちの職場来てみたら?」と大学時代の同期である入澤くん。

聞けば、彼が学芸員として勤めている美術館では日本の縄文時代から現代まで、さらには数えきれないほどの世界各国のやきものが常設展示されているらしい。器は好きではあるけれど、体系的な知識はさっぱり持ち合わせていない私にとってなんて有り難い施設なの! と色めきだち、2月の冷たい小雨が降る中、愛知県陶磁美術館に向かった。

名古屋駅から小1時間。途中までジブリパークに向かう若者たちに揉まれつつ、1978年に開館した谷口吉郎氏設計の立派な建物に到着した。同じく谷口氏が設計したホテルオークラ東京のロビーと同じ照明が美しく吊るされたエントランスにて、入澤くんと、そこに並ぶたくさんの陶製の狛犬が出迎えてくれた。

　まずは、目当ての古今東西のやきものが並ぶという常設展へ。縄文土器からはじまって、やきもの、やきもの、やきもの……！　時間にはかなり余裕を持って来たつもりだったけれど、あまりの展示数の多さにキャプションを読み込んでいたらたちまち閉館時間になってしまいそうだ。同時開催している『アーツ・アンド・クラフツとデザイン』展も必ず観たいとなると、かなり急いで回るしかない……ということで目を見開きつつ、展示室をずんずん進んだ。

　しかしそうやって駆け足で古今東西のやきものを巡っていると、なんとなく好きだと思っていた系統が、どこの国のどの地方のものだったのか、朧気《おぼろげ》ながらも理解の補助線が見えてくるのが面白い。どうやらいまの私は、装飾が落ち着いてきた縄文時代の晩期、弥生時代、そして古墳時代までの、釉薬《ゆうやく》がかかってツルっとする以前の土器が好きらしい。土の持つ表情がよく見えて、その小さな個性が愛おしい。さらには轆轤《ろくろ》というテクノロジーが登場する前の、手びねりでつくられたゆがみのあるもの。あとは、赤焼きより、黒焼きの無骨なもの……。

　しかし。こうして作り手のもとから離れ、本来の居場所や役割からも離れ、さらには時代までも越えて、そこに「もの」だけが展示されているのを見ると「これを然るべき時代に、然るべき役割を持った姿で目の当たりにできていたならば、どれほど良かったか！」という気持ちばかりが膨らんでしまう。その時代の衣服を身にまとった人々が、そこで歌い継がれている唄を口ずさみながら、その気候風土の中でこうした土器を使って炊事をしていた景色は、どれほど美しいものだったのだろう。

だなんて焦がれてみても、やきものの命に比べて、人の命はあまりにも短い。ひとりの人間が目の当たりにできる時代なんて限られているんだからしょうがない。……と気持ちを切り替えたけれど、じゃあせめてこの器が日常使いされている姿を見たくなる。あれには煮物を盛り付けて、これにはドクダミの白い花を活けて……と、ガラスの向こうのやきものたち相手に欲が渦巻いてしまう。もちろん、展示品は非売品なのだけれど。

その後、充実の企画展を鑑賞し、ミュージアムショップでウィリアム・モリスのポストカードと図録を購入。素晴らしい職場を持つ友人に感謝を伝えつつ、次の目的地に向かった。

その翌々日の2月12日。私の欲深い気持ちが具現化してしまったのか？　ガラスの向こう側にあったはずの土器が、今度は手に取れる場所に現れた。

それは地元、大阪の千里ニュータウンにある美しいギャラリー、ippo plusにて。この日開催されていたのは、岐阜で古物商を営む「本田」とippo plusが共に企画した『風土の工芸と古民具』。

私が訪れたのは最終日、それも最後の15分。もうきっと、ほとんどのものが売れてしまっているんだろうな……けどひと目だけでもギャラリストの加賀ちゃんに会いたいな……と、仕事をなんとか片付け閉廊直前に駆け込んだところ、端正に並んだ古道具の先に、まるい土器があった。何度も展示替えがされている企画故に他にもまだ魅力的な古いものたちが並んでいたのだけれど、まるでそれだけにスポットライトが当たっているようだった。

「このまるい器、加賀ちゃんがつくってたパンみたい」

「ほんまや、パンみたいやね。これは、古墳時代の土師器《はじき》やね」

ippo plusは2014年からギャラリーとしての歩みを始めたのだけれど、それよりもずっと前、加賀ちゃんは「ippo」という屋号のもとで、まるいパンをつくってご近所さんに売っていた。子どもの歯には少し固い、でも噛んでいるうちに自然な甘さが口いっぱいに広がる、とびきり美味しい天然酵母のパンだ。つまり、私にとっては美味しいパンを焼く近所のお姉さんだった加賀ちゃんが、いつの間にかその道では有名なギャラリストになっていて驚いたのだけれど……そんな彼女が売っている、パンみたいな土器。しかも、古墳時代の、黒く焼かれた土師器。惹かれないほうがむずかしい。

「……触ってもいいです？」
「ええよ、ええよ！」

ざらりとした、でもあったかい触り心地。確かに誰かの手でつくられたものが、自分の手の内にすっぽりと収まる。欲しい。かなり欲しい。しかし私はしがない物書き。お値段を聞き、それが４００字詰め原稿用紙何枚分に相当するか……と換算しながら考えつつ、ほかの道具に目を向ける。が、なにを手に取ってみても、意識は土師器に向かってしまう。そうして悩んでいるうちに、閉廊時間が過ぎてしまった。ええい、買います！

加賀ちゃんは優しい笑顔で、「ありがとうね」と言いながらそれを包むために持ち上げる。彼女が持つと、やっぱりまるいパンのよう。

丁寧に梱包してもらったそれを、割れないように細心の注意を払いながら、東京の自宅まで持って帰った。古墳時代から割れずにここまで来てくれたのに、私が割ってしまったらアカン。

……と思っていたけどこの土師器、どうやら一度割れているらしい。古物商「本田」店主の本田さんによると、頸部はもう少し長く端反りした形状だったのでは、ということ。確かに口の部分をよく見ると、割れてからしばらく経って、角がとれたような歪《いびつ》さがある。ガラスの向こう側に展示するなら、もちろん割れていない土師器のほうがいいんだろう。けれども、私としてはこのまるい形に惹かれて手に入れたいと思ったのだから、価値なんて人によってどうにでもなってしまうもんやな……と、少し可笑《おか》しくなる。

帰宅後、家にあった『日本やきもの史』をめくってみると、こんなことが書いてあった。

美術史的に考えれば、赤焼土器は、縄文土器と弥生土器がすぐれ、古墳時代の土師器はかなり内容は薄らぎ、奈良時代以降のかわらけには、造形的魅力はほとんど無いといってよい。

造形的には、4、5、6世紀と時代が下がるに従って、土師器は造形力が退潮していく。ということは、土器はもはや時代の主役ではなくなったことが暗示されており、人々の関心が低まると、陶工のつくる気力も衰えていったのである。

……「内容は薄らぎ」「つくる気力も衰え」と、なかなかの言われようである土師器。対して、縄文中期の縄文土器は「その意匠取りは、いかにも怪異な抽象意匠を形成して、世界の原始美術の頂点に立ったのである」と大絶賛されている。いやもちろん、縄文土器の複雑怪奇な造形に比べれば、土師器の造形はあまりにも平凡。でも、そんな平凡なところが気に入ったのだ。

古い棚の上に置いてみると、うちの景色によく馴染む。これをどう使っていこうか、どんな花を活けようか……と想像しながら、ふと思い立って Instagram で #土師器 と検索してみた。すると画面にはたくさんの、いまの暮らしの中で生きる土師器の姿が出てきた。まるいパンみたいな形になる前のもの、もっと歪な形で割れているもの……さまざまな土師器が、いろんな人の暮らしの中で使われている。そのまま置物として、もしくは一輪挿しとして、さらには小物入れとして日常に溶け込んでいるものもある。現代の暮らしと古墳時代の土師器は、なかなか相性が良いようだ。

やきものの世界はあまりにも奥が深くて、その世界の広さすらいまのところ、よくわからない。けれども、やきもの史の土師器の説明欄には「のちに、素朴な造形を好む令和の市井の人々によって愛される」と書かれる日が来るかもしれないな……だなんて思いつつ。

ひとまず「でも、私は好き」とだけ加筆しておいた。

秋の夕暮れ、桔梗の花

台風が湿気と暑さを連れ去り、でもまた汗ばんできたかと思ったら涼しくなり……。そうした日々を繰り返している間に蟬たちの命も果てたらしく、あれほど鬱陶しかった夏が終わることに身勝手な寂しさを感じてしまう。秋はいつも、寂しさを抱えて始まる。

そんな中、秋のためにと頼んでいた絵が届いた。作品を包む薄い和紙を捲《めく》ると、そこには端正な桔梗の花。するりと伸びた二本の茎の先には、膨らんだ蕾と、そして薄紫色の花が咲いている。

桔梗は夏から咲き始めるけれど、万葉集の中では秋の花とされている。

朝顔は朝露負ひて咲くといへど夕影にこそ咲きまさりけれ

(朝顔は、朝露を受けて咲くというけれども、夕方の薄暗さの中でこそ、その美しさが際立つものです)

（詠み人知らず『万葉集』巻十2104）

今日の私たちが朝顔として親しんでいるその花は、当時はまだ渡来していない。そのため、ここで詠まれている「朝顔」は秋の花である桔梗のことである、という説が有力なのだとか。だからこれは夏ではなく、秋の歌。そして作者は朝の清々しさではなく、夕刻の侘しさに美しさを見出している。あぁわかるな……だなんて、千何百年も昔の知らぬ人の心に共感してしまう。

この絵は京都に住む画家、森夕香さんが描いてくれたもの。彼女は、植物画を描くことをここ数年のライフワークにしている。その所以《ゆえん》を聞くと、私たちの母校である京都市立芸術大学が2023年の秋に京都駅の東隣に校舎を移転するため、その建設予定地に自生していた草花を描き留めておきたかった、ということらしい。植物たちの肖像画のように、もしくは遺影のように。

7月中旬。京都にある彼女のアトリエを、画家のAesther Changと共に訪ねた。疫病が落ち着いたため、Chang一家は数年ぶりにアメリカから台湾の祖父母のところへと里帰りをしていたのだけれど、その間にAestherは一人でしばらく日本に来てくれていたのだ。彼女は以前から日本独自の画材について知りたいと言っていたので、岩絵具を用いて作品制作をする夕香さんのアトリエはどんな観光地よりも心躍る訪問先だった。夕香さんはパリへの留学経験もあり、遠くからの来客を快く受け入れてくれた。そして画家二人が岩絵具や和紙、膠《にかわ》について話をしている間に、私は壁一面に飾られた植物画を興奮気味に鑑賞。そのどれもが雑草、と呼ばれる類の草花ではあるのだけれど、とても丁寧にその姿を記録され、凜としていて美しい。その中から一枚、涼し気なカラスノエンドウの絵を購入させてもらった。湿度の高い、京都での夏の夜の思い出だ。

それからしばらく経った頃。涼し気なカラスノエンドウは、いずれ気候に合わなくなってくるよな……と思い、次の季節に相応しいモチーフを描いてもらえないか、彼女に相談したのだ。自分に絵を贈るだなんてこれ以上ない贅沢だけど、まもなく訪れる35歳の誕生日を理由にしつつ……いや、こうなると冬の絵も、春の絵も欲しくなってしまうのだけれど。

これまで絵を購入することは少なからずあったものの、これを描いて欲しい、と依頼したのは人生で初めて。ただ、もしこれが現代アートの領域であれば、こうした作品をつくって欲しいと明確な依頼をすることは、少し憚《はばか》られるような気もする。アーティストによってはそうした依頼を嫌う人もいるし、実際、依頼者の希望とアーティストの目指す方向がぴたりと重ならなければ、散々な結果になるというのはよくあることだし(勿論、共に創ることに意義を見出すアーティストもいるのだけれど)。

ただ、彼女は大学で日本画を学んできた。過去の日本画家たちが屛風絵や襖絵の依頼を受けて描いてきたように、日本画を学んだ私の学友たちもそうした伝統的な、あるいは現代的な絵の依頼を引き受けている。そうした話を聞いたり、SNSで今日の日本画家たちの仕事ぶりを眺めていたりするうちに、あぁ、絵を頼まれることは彼ら彼女らにとっては至極自然なことなのだよなと、あらためて実感していたのだ。


爽やかなカラスノエンドウから、少し寂しげな桔梗の花に掛け替える。曖昧に変化していく季節の変わり目、けれども絵を掛け替えることで夏と秋の間に一本の線が入ったようで、ことはじめの軽やかな気持ちになった。それは一つの季節に区切りをつける、小さな儀式のようだ。

Aestherと日本を巡っていたとき、度々季節の話になった。

「床の間の掛け軸は季節や行事ごとに掛け替えて……」という説明から始まり、茶席での茶碗やお茶請け、着物の素材や柄、そして居酒屋の小鉢……ほかにも暮らしのあらゆる場面で、幾度も季節にまつわる説明をしている自分に驚いた。あぁ、私たちの文化はこれ程までに、季節に依って立っていたのね、と。

Aestherと同じように、アジア系アメリカ人として米国で育った日本文学研究者のハルオ・シラネはこう論じている。

アメリカのような広大な国では、サボテンが林立するアリゾナの乾いた大地やツンドラや氷河が広がるアラスカなど、自然環境は地域によって大きく異なり、その気候や動植物はあまりにも多種多様です。ですから、誰もが共有できる文化的象徴として機能するような自然のイメージはほとんどないといってよいでしょう。

（ハルオ・シラネ『四季の創造　日本文化と自然観の系譜』）

いや、私がしばらく暮らしていたニューヨークでも桜は咲いていたし、紅葉は鮮やかで、雪は街の汚れを覆い隠していたけれど……と思ったが、かつて地理の授業で習った「ケッペンの気候区分」を参照すると、ニューヨーク州も日本の本州もほぼ同じ温暖湿潤気候で、かなり似た環境なのである。しかしそのように四季がわかりやすく巡っていくのは、アメリカでは一部の地域に限った話なのだ。

また、その本にはこうしたことも書かれていた。

中国や朝鮮半島、ヨーロッパのような、豚、牛、羊などを食べる肉食の文化と異なり、日本は近代になるまで野菜と魚が主たる食料でした。縄文文化から弥生文化に移行する際、日本の農業では畜産が発達しませんでした。世界の古代文明でもこれは非常に珍しいことです。鹿や猪などを食べてはいましたが、それらは狩猟で捕えたものであり、人間が育てたのではありません。飼育された豚、牛、羊が一年中、食べられるのとは違って、果物、野菜、魚は季節とのつながりがはっきりと見られます。現在、日本の文化輸出の重要な一翼を担っている日本料理が、食材の新鮮さや季節と強く結びついているのはこうした理由からです。

（同前）

お皿の中の季節。料亭はもちろん、ごく普通の家庭であれ、居酒屋であれ、どこに行っても、季節と食は共にある。

中でも、Aestherとの旅路で出会った特筆すべき季節の一品がある。それは彼女の絵が飾られている、尾道は向島にあるNAGIという場所でいただいた和菓子。石のような歪な形をした菓子が、緑の粉で覆われていた。

「これは苔《こけ》ですか?」と私が尋ねると、作り手である詩絵《うたえ》さんは「気づいてくれましたか！」と答えた。青大豆のきな粉と煎茶の粉は、まさに雨後の苔のよう。口に入れると、まずは煎茶の風味に安堵し、次に青梅の酸味に驚いた。空模様が変わりやすい、夏の夕刻を思わせるような菓子だった。

Aestherが彼女に菓子作りをする上でのスペシャリティは何かと問うと、彼女は「しいて言うのであれば、季節です」と。向島や、瀬戸内の島々で採れた旬の果実、そして窓の外に広がる景色が、彼女の創作意欲を大いに刺激している——そのことは、周囲をすっぽり自然に囲まれたNAGIという美しい場所に身を置けば、あえて説明されずともよく理解できることだった。

ハルオ・シラネにとって、もしくはボストンで生まれ育ったAestherにとっては、これ程までに季節と呼応して成り立つ日本の文化というのは珍しいものに映るのかもしれない。

そういえば秋の草花として桔梗を選んだのは、私がその花を好きだから、という以外にも理由があった。

遡ること6月、デンマークから来日していたファッションデザイナーのAllaとパートナーのVitが私の実家に泊まったときのことだ。「せっかくやし、着物を着せてあげて欲しいんやけど……」と母に事前に頼んでいたので、二人の着付けと撮影会を実施したのだけれど、そのついでに簞笥の肥やしになっていた着物を引っ張り出してあれこれ見てもらう流れになった。

そんな中、母の「これは、塩谷の家の家紋で、桔梗っていう花やね」という言葉を聞いて驚いた。これまで34年間、実家の家紋が何であるのかなんて、さっぱり気を向けたことがなかったからだ。そもそも家紋なんてあったっけ……と記憶を辿ると、なんとなく墓石に彫られていたものが思い浮かぶ。でもうちは立派な家系図がある訳でもないし、家にまつわる教育をされるようなこともなかったし、ちっとも眼中にはなかったのだ。

母の大阪弁を「これは我が家の……ファミリーシンボルで、桔梗という花。私の好きな花。でも私はたったいま、そのことを知ったよ！」と英訳したら、二人は「あぁ、あまりにも近すぎて、見えていないことってあるよね」と笑った。遠くから来た人と共に過ごすと、近くにあるものがよく見える。

私の先祖が愛したであろう桔梗の花を愛でながら、外に目をやると今夜は中秋の名月。これ程好きな季節は他にない。

古く美しい暮らしは、なぜ消えた？

古くから在る美しい景観を前にすると、心の奥のほうからあたたかいものが湧き出てくるような、なんとも満たされた気分になる。それは石垣や木造建築が並ぶ彩度の低い街並みであり、苔の生《む》した岩であり、縁側や床の間のある古い家屋、そのゆらゆらとしたガラスの向こう側に見える内庭の紅葉でもある。

子どもの頃から、古い街並みに焦がれていた。原体験として色濃いのは、小学生の頃に修学旅行で訪れた倉敷の美観地区。柳が枝垂れる川沿いを、あまりの美しさに感激しながら歩いたときの高揚感はいまでも忘れられない。その街並みがひどく気に入ったものだから、私は倉敷で撮影した6年1組のクラス写真を学習机の横に貼り、いつまでもうっとりと眺めていた程である。

そのほか七五三や初詣で訪れる神社はもちろん、祖父を弔うためのお経が読まれていた寺院でも、不謹慎ながらその場の情景にときめきを感じていた。古い建物とその周辺に流れるしんとした空気。その全てが珍しく、目新しく、静かに心躍るものであったのだ。

どうしてここまで古い景色に惹かれるのか……その理由にはおそらく、生まれ育った故郷のプレーンな景観があるように思う。

私の故郷である大阪、北摂の千里ニュータウンというかつての新興住宅地は、その域内に一切の宗教施設をつくらないという原則で開発されたらしく、ほんの僅かな例外を除いて神社仏閣が存在しない。さらにニュータウンを大きく特徴づけている、高度経済成長期を象徴するような団地群。あれらは国際的なモダニズム建築の組織によって日本のモダニズム建築の一つとしても選出されているらしく、そのどこまでも直線的な外観には過去の様式美を一切振り返らないような潔さがある。そうした団地の合間に青や赤に塗られた遊具がある公園が点在し、区域によっては手入れされた芝生や花壇の美しい戸建てが並ぶ。そうした景色が、私が幼少期に見ていた故郷の原風景だ。

それ故であろうか、神社仏閣、もしくは宿場町や城下町のような古い街並みは、まるで遠い異国の景色のように珍しいものに見えた。もっとも子どもの頃は海外に行けるような機会もなかったので、この目で見られた珍しい景観といえば日本の古い街並みに限られていた、ということだったのかもしれないけれど。

ただそんな新興住宅地の暮らしの中でも、祖母や母の尽力のお陰で、古いものに対して気持ちが高揚する瞬間は訪れた。盆踊りのときに着せてもらえる浴衣。床の間に飾られた正月飾り。ご先祖様へのお供え膳。雛人形の鏡台や茶道具。……と、これを書いていて思い出したけれど、私は小学生の頃に父のWindows95を使って「和風同盟」という同人サイト的なものを立ち上げ、和紙風の壁紙素材.jpgなどをせっせと配布していた過去がある。ここまでくると育ち云々というよりも、天性の古いものフェチなのかもしれない。

しかし現代の生活の中で、こうした嗜好を穏やかに愉しむことは容易《たやす》くない。というのも、古く、色数が少なく、調和のとれた静かな世界と、新しく、カラフルで、賑やかな世界を隣接させたならば――劣勢となるのは、おしなべて前者の側である。

たとえば都内有数の庭園である小石川後楽園には、徳川の時代につくられた円月橋などの美しい建造物が残り、そこに春の藤棚、初夏のカキツバタ、夏のスイレン、秋のヒガンバナ、冬の松の雪吊り……と、どの季節に訪れても美しい景観が広がっている。ただ、隣接する東京ドームで開催されているライブの爆音や、遊園地のジェットコースターから聞こえる絶叫は、その場のBGMとしては相応しくない。もちろん、経済的な側面を考えればそうした商業施設からの税収によって支えられている面は大きいのだろうけれど、それでも隣接しているのは如何なものか。もっとも、太平洋戦争中の後楽園球場には機関砲や高射砲が設置されていたというのだから、今日のＢＧＭに文句を垂れるのは贅沢なことではあるのだけれど。

しかし、そうやって贅沢だからと反論することを諦めてしまっては、世の中のありとあらゆる箇所が大きなものや便利なもので埋め尽くされて、小さな美しさは見る影もなくなってしまう。そうした惨事には、日常の至るところで度々出くわす。

たとえば、引っ越し先を探すときなんて顕著なものだ。賃貸サイトで、これは趣深い外観の邸宅……と期待して詳細をクリックしたら、次の瞬間には残念にリノベされた内装が表示され、「はぁ、なんで床ツルツルにしたんや」「なんで床の間潰してん」「なんで石畳の上にセメント流すんや……」とひとり阿鼻叫喚してしまうことは少なくない。残念なことに、私が「なんでやねん」と画面に向かって悪態をついている姿は、テレビで野球観戦をする父のそれに酷似している。どれだけ静謐な文化を愛しても、私が熱狂的な阪神ファンの娘である関西人という事実だけは変えられず、これは実に残念なことである。

それはさて置き、ここで現代の住まいに対する具体的な不満を挙げておきたい。日本の賃貸物件の多くは、貼り替えやすい白い壁紙に囲まれ、下を向けば傷がつきにくいツルツルのフローリングの床があり、それらを備え付けのシーリングライトが明るく照らしていて、無惨なほどに趣がない。こうした壁、床、光に囲まれた実験室のような明るい部屋は、侘び寂びのような美意識とは対極にあるし、とはいえモダニズムと呼べるような誇りを持ったものでもない。

便座のウォシュレットや浴槽の追い焚きといった機能面には感涙することもあるけれど、そうしたファシリティの充実は、美しさの追求とはまた異なるベクトルの上にある。もちろんそれ相応のお金を払えば、もしくは安くとも古い物件に手をかけてやるのであれば、美しい暮らしは手に入る。けれども多数派を占める中流階級のふつうの家は、「住めりゃそれでいいでしょ」と言わんばかりの様相を呈している。暮らしの中に誇りを持つことは、なにも特権階級だけに許された娯楽ではないだろうに。

都市部の各家庭に縁側や内庭を充てがうのはむずかしくとも、僅かに時代を遡れば、集合住宅の中にも床の間に掛け軸……という景色は当たり前に存在していたのだ。それがたった数十年で、どうしてこれ程までに日本の家は美意識を内包しない空間に成り下がってしまったのか。なんて嘆かわしいことだろう!……と懐古厨として憤慨していた頃、SNSのタイムラインに興味深い情報が流れてきた。

2022年3月。建築史家・本橋仁さんが『住宅の近代化と「床の間」大正から昭和、起居様式の変化に伴う鑑賞機能の諸相』という論文を発表され、その件を知らせる投稿が回ってきたのだ。論文は京都国立近代美術館の研究論集に掲載されているとのことで、早速取り寄せて読んでみたところ、これが非常に面白かった。

床の間という世界的に見ても類稀なる展示空間は度々、その存在が脅かされ、また批判されてきたという。

まずはもちろん、明治以降の住宅の西洋化である。椅子座が中心となった暮らしにシフトしたとき、床座の目線を基準につくられていた床の間はもちろん鑑賞空間として低すぎる。ただ、その時代の人たちは床の間のような鑑賞空間を新しい生活様式の中でも設けようと試行錯誤し、結果として暖炉上の「マントルピース」が床の間の代替とされることが多かったのだとか。

しかしそれ以上に興味深かったのが、大正期や戦後に度々勃発した「床の間を廃止せよ！」という運動なのだ。まずは大正期。1921年1月6日、新年早々読売新聞に発表された評論家・内田魯庵のエッセイ『バクダン』には「今日の床の間は平凡画工を賑はす為めのお救ひ小屋になつてるやうなものだ」だとか、「床の間画工となつて大成した大美術家気取になるのは大なる誤りである。床の間は美術家の大成の為めにも亦廃止せざるべからず」といったような大変過激なフレーズが並ぶ。

超訳すると、「最近の床の間は、ショボい画家を食わすためだけのホンマつまらん救済場所やで」「床の間なんかに絵飾ってもろて、いっぱしの美術家になったつもりか？　ありえへんわ。床の間なんてもんは美術家らが大成するためにも廃止せなあかんねや！」というような具合だろうか。つまり、大多数の家に床の間があり、それ故に多くの人が「とりあえず季節の作品を飾らなきゃ」と掛け軸を買う。そうした安定的な需要が、美術家たちの自由で創造的な発展を妨げとるやないかアホボケナス……という怒りのご指摘である。

この主張に触れて、私はとあるファッション誌の敏腕編集長の言葉を思い出した。10年程前に聞いた話なのでうろ覚えではあるけれど、おおよそ次のような内容だった。
「うちの雑誌では、連載枠はつくりません。だって連載枠がそこにあると、それを担当する編集者の企画力が衰えてしまうでしょう。編集部の中にそうした人が一人いるだけで、全体の士気が落ちてしまう。全員が常に時代の空気を読んでアイデアを出し続ける、そうした空気感を部内に醸成しなきゃいけないんです」

これを聞いた私は当時、大いに共感しウンウンと首を縦に振っていた。ぬるい空気やそこから生まれた妥協ある仕事は、その場、ひいてはその業界の持ち得る創造性を内側から腐敗させてしまいかねない。同じことを長年続ける……という行為の外側だけを見れば「慣れ」と「成熟」は似ているかもしれないが、内側の密度において前者は後者の足元にも及ばない。

「とりあえず、必要だから買っとこか」という程度の気持ちで買われていく掛け軸が数多《あまた》あり、そうした市場で研鑽もせずに食えてしまっている美術家たちが大勢いた、という状況を想像すると……確かに内田の主張には、賛同してしまうところがある。

話は逸れるが、昨今の日本でも近しいことは起こりつつある。ＩＴ起業家を中心に若手作家のペインティング作品などがよく売れるようになり、そのために多くの美大生や若手作家が、どこかで見たような今っぽい平面作品を量産することに大忙し、という嘆かわしい状況である。もちろん市場が広がるというのは良い側面もあるけれど、そうしたバブルのような状況の中から魂の震えるような傑作が生まれてくる確率は、どう見積もっても低くなってしまうだろう。

このように大正期から床の間は存在意義を問われてきたのだけれど、さらに戦後の昭和期になると、また別の角度から批判されていくようになる。今度は「床の間は家父長制の象徴であるから追放すべし」という、フェミニズム的な側面を持つ運動であった。

本橋さんの論文の中で、「床の間追放論」という文章が紹介されていたのだけれど、それは女性建築家の草分け的存在でもあった濱口ミホが昭和24年に出版した『日本住宅の封建性』という著書に収録された一編であるそうだ。読んでみたところ、これまた非常に示唆的なものであった。

濱口の「床の間追放論」では、床の間はかつて主君が座した上段の間が起源の一つである、という歴史を振り返りつつ、そうした格式的な場を狭い家の中に保持し続けることで、前の時代に置いていくべき封建社会のヒエラルキーまで持ち込んでしまっているのだぞ、という論が展開されている。またそうした場所に掛け軸を飾り、花を活けたとて、それは格式的なもののために捧げられてしまい、家族が楽しむため、もしくは子どもたちの情操教育のためにもならない、と濱口は批判する。さらに床の間を持つ座敷に対して、より劣った場所として扱われている茶の間にも言及。これからは茶の間こそ芸術的香気に満ちた居間にしていくべきだと進むべき道を提示した（濱口は昭和30年代に、家の北にあった不便で寒い台所を家の中心に大移動させたダイニングキッチン成立の立役者でもある）。家族のための空間である居間に花や作品を飾り、客人が来る際はそこにお通しすれば良い、という彼女の指摘は時代を前に進める熱量に満ちていた。

そんな主張に触れて、私は床の間の権威性に対して無頓着だったことを振り返る。千里の実家にも床の間はあったけれど、かつての主人であった祖父がはやくに他界していたこともあってか、その空間を主君のための場所と認識した記憶はあまりない。そこの掛け軸を掛け替えるのはもっぱら嫁である母の役目であったし、父は床の間の前よりも、テレビの前に座っている時間のほうがずっと長かった。だから私は床の間を美術作品を飾るための特別な展示スペースだと好ましく捉えていたけれど、もし幼少期から「そこはお祖父さんの場所や、触ったらアカン！」「アンタは女やから、床の間の前には座りなさんな！」と厳しく躾けられていたならば、床の間に対する価値観はまた違っていたかもしれない。

客のために主君が掛け軸や生花を設える空間。それが家のヒエラルキーの頂点にあり、居間や台所はもちろん下位にあった。家という最小単位の社会、その階層の中で「下」に置かれていた側にとって、床の間は追放すべき前時代の象徴であった……というのもこれまた頷けてしまう話である。

実際のところは、戦後の狭小住宅において「物理的にそんなスペース取ってられないよね」という理由でやむを得ず床の間は廃れていったと建築史家の太田博太郎『床の間 日本住宅の象徴』にも書いてあったので、濱口らの活動のお陰で（せいで）今日の築浅物件には床の間がほとんどない、という訳ではないようだけれど。

……と、本橋さんの論文から出発していくつかの文献に触れていったところ、先人たちは美しい展示空間を潰すために床の間を糾弾した訳ではなかったことがよくわかった。しかし内田魯庵や濱口ミホが現代の賃貸サイトに並ぶ内観写真群を目にしたとすれば、一体どのような感想を抱くだろう。やっぱり、各家庭の中に最低限の美術鑑賞スペースとして、床の間くらいは残しておくべきだった！　と激しく後悔しないだろうか。

彼ら彼女らが思い描いた未来はどこにあるのか——。ここで、理想とも言えるような空間を創る現代の人たちについて触れておきたい。

まずは、古墳時代の土師器を買った話でも触れた、ippo plusという住宅街の中にあるギャラリー。ギャラリストである守屋加賀さんは、あらゆる空間を床の間のような、いやそれ以上の展示空間に変えてしまう研ぎ澄まされた感覚を持つ人である。彼女はギャラリーの近くに作家の宿泊所も兼ねたセカンドスペース「無由」を持っているのだけれど、私はその空間を訪れる度、その設えにしばらく見惚れてしまう。

ある日そこを訪れると、ダイニングテーブルの斜め上に、小山剛さんのまるい木彫作品がぷかぷかと浮遊していた。それは天井から透明の糸で吊り下げられているらしく、空気の流れを受けてゆっくりと揺れている。その存在が、空間全体に朗らかな楽しさをもたらしてくれていた。

しかし、そこから回れ右をした先にある廊下の突き当りは、まさに床の間のような緊張感のある設え。古い小さな台座の上には二見光宇馬《ふたみこうま》さんの仏様が静かに佇んでいる。そして、シュンシュンと湯が沸く音がする台所のほうに目をやれば、中村友美さんの薬缶から沸き立つ湯気が窓からの光を含んできらきらひかる。さらにお手洗いを借りようとそのドアを開くと、白い空間の中には秋野ちひろさんの作品が。控えめに輝く真鍮《しんちゅう》の細い線が、白い壁をつたって飾られている。あぁ、白い小さな空間だからこそ、繊細な作品が主役となって輝いている。これは床の間では成し得ない展示方法だ……と感激しているうちに、そこがお手洗いであることも忘れてしまう。

そうした設えは、その日の気候や日差しによって、また訪れる人によっても変化していく。そんな場所で寝泊まりをすることによって、作家たちもまた大きな刺激を受けているのだろう。作家たちがIppo plusで個展を開く際、彼ら彼女らは需要の高い定番作を用意するだけではなく、その都度なにかに挑むようにして工夫をこらす。そうした相互に作用し合う緊張感のある関係こそ、内田魯庵の望むようなものだったんじゃないかしら。

作品を飾る側の態度によって、それが輝くこともあれば、霞んでしまうこともある。彼女から大いに刺激を受け、私は折に触れて自分とものとの関係性を見つめ直すのであった。

そしてもう一つ。愛に満ちた、美しい暮らしをつくる取り組みのことも紹介したい。それは小嶋伸也さんと小嶋綾香さんご夫妻が立ち上げた小大建築設計事務所による「一畳十間《とま》」というリノベーションプロジェクト。同事務所は2015年の設立以来、商業施設やホテル、そして大富豪の邸宅など、規模も予算も大きな建築物を国内外で手掛けてきた。けれども2020年からの疫病下において、彼らの仕事環境は一変。それまで月の半分を過ごしていた上海オフィスに渡航することもできなくなり、日本に、そして自宅にいる時間がうんと長くなった。そんな中で小さく始められたのが、4人家族である小嶋一家の棲まいである、中古マンションのリノベーションだ。「草むらの中で寝転んだときみたいに、心が和らぐ家にしたい」と、素材の選定にはこだわりを尽くした。

まず玄関には天然の小石を敷き詰めて、土間のような空間に。ハンガー掛けは六角の栗材になぐり加工を施したものを、そして部屋の壁全体に珪藻土《けいそうど》を使用。いずれも日本に古くからある素材や技法を用いたものだ。国境を越えることが難しくなり、さらに資材の輸入が制限されていた当時の状況も、ある種の良い制約となったのかもしれない。その棲まいは、令和的日本家屋とも呼べるような美しく温かい空間に仕上がった。

そして彼らは、その様式に「一畳十間」という名をつけて、美しい暮らしを望む人がリノベーションを依頼できるように事務所のプロジェクトとして提供を始めた。それぞれの中古物件にあわせて空間を自在につくり変えられる柔軟さはありながらも、自邸を設計する折に徹底的に吟味した素材を標準仕様として提供することで納期を短縮し、比較的価格も抑えられている。リノベーションである手前、外観、ひいては街並みに大きな変化をもたらすことができないのは少し残念ではあるけれど。でも逆に、古民家では不安材料となりがちな耐震や断熱問題などを解消しつつ、日本家屋的な暮らしができる……というところは有り難い。

ある夏の夜、私は小嶋夫妻のご自宅を訪ねた。広いリビングを中心とした美しい空間には、床の間こそないものの、目を喜ばせる景色が随所にあり――その中には子どもたちの学習机や、折り紙でつくられた愛らしい作品も並んでいた。私が壁や床を興味深く観察している間にお二人は夕食を準備してくれて、その後は実に楽しい宴となった。暮らしの中心に居間があり、ヒエラルキーを持たない美しい空間で子どもたちが育まれ、そこに時折客もお邪魔する。これこそまさに、濱口ミホが「床の間追放論」で理想としていた家の在り方じゃないか。

古くから在る、美しい景観。その中には直接的には見えずとも、その時代の価値観が大なり小なり内包されているらしい。過去の人たちは、そこにある価値観に対峙して、どのように時代を進めようとしてきたのか。その先に、どのような未来が来て欲しいと願ったのか。

内田魯庵の思想に敬意を払うのであれば、床の間が失われたことを嘆くのではなく、この時代に創り上げることのできるそれ以上の空間はどのようなものであるかと、今日の美、そして芸術を見出すことに心を燃やすべきであろう。また、女がそうした自分の悦びを躊躇《ためら》うことなく謳歌できる時代であることを、濱口ミホのような先人に感謝しなければならない。古いものを愛するいち現代人としては、失われたものを回顧しながら悪態をつく以外にも、やるべきことはたくさんありそうだ。

柳宗悦の辛辣な「お叱り」と、事なかれ主義トート

2021年の晩秋。私は国立近代美術館で開催されていた『民藝の100年』に行ってきたのだけれども、これはその後に勢い余って書き散らした文章であり、その激しさ故に公開後ネットでさまざまな議論を巻き起こしてしまったことを先に告白しておきたい。そして、性懲りもなく本にも収録させていただくことをお許しいただきたい。

*

1988年10月生まれの自分にとって、民藝活動の中心人物であった1889年3月生まれの柳宗悦はちょうど100学年違いという雲の彼方の存在なのに、彼らの蒐集品や活動記録を鑑賞するのはまるで今日買ってきた雑誌を読むくらいに身近で素敵。故に『民藝の100年』は展覧会を鑑賞するというよりも、本屋でずっと雑誌の立ち読みをしているような感覚になって、結果4時間もへばり付いて楽しんでいた。あぁこの燭台が欲しいな、

とかこの李朝膳は私の欲しいやつと少し形が違うな、とか今日の自分の暮らしとそれは地続きにあってとても興味深いし、役に立つ。

そうした実用的な目線で見るからこそ、学び、移動し、蒐集し……という数奇人《すきびと》の憧れである彼らの人生に対して「どっからそんな金が？」という下衆《げす》で現実的な疑問が湧いてきてしまう。当時の民藝品がいくら安価に手に入ったからといって、あれだけの数を広範囲で蒐集できる財力は普通じゃない。「民」とか言いつつ富豪やないか……とやっかんでいたのだけれど、どうやら彼らも資金繰りには苦労していたらしい。

たとえば１９２９年に、柳たちは東京帝室博物館（現在の東京国立博物館）にこんなプレゼンをしている。

（一）民藝品をまとめて一、二の室に陳列して頂きたいこと。
（その方が特色がはっきりすると考へられたからである）
（二）出来たら陳列を私達と相談してやって頂きたいこと。
（吾々の経験と知識とが此の際役立つと思へたからである）
（三）若し博物館で経費が出るなら、尚も続けて私達に買物をさせてほしいこと。
（なぜなら当時は比較的少ない金子で、いゝ品が沢山集る見込が充分あったから

である）

（柳宗悦「民藝館の生立」『工藝』第60号）

つまりコレクションして欲しいし、展示も監修したいし、その上で蒐集のための予算も出して欲しい……というこのプレゼン内容は強気というか、厚顔《こうがん》というか。ただこの申し出が断られたことで柳は「官」への恨みが募ったらしく、1958年には国立近代美術館と、自らの民藝館を比較して次のようにこき下ろしている。

第一に、近代美術館は官設であるが、民藝館は私設である。つまり「官」と「野」との違ひである。前者がよいのは、国家から貰ふ一定の予算があつて、安定した経済の上に築かれてゐることであり、在野の民藝館にはそんな安定した基礎はない。実際予算も建てられぬ始末で、同じ私設でも富豪による施設ではないから、その場その場の処理に任せてある。只、官立の場合は館員は月給で働く傾きがあるが、在野は仕事がしたくてする性質が濃い。だから官の役人だと、とかく事勿れ主義になるが、在野人はしたい事を真直ぐにする幸福がある。民藝館は極く小規模で、館員がいつも二、三名に過ぎぬ。それ以上は経済的に不可能なのである。その月給たるや、矛盾するほどに低い。（中略）

館員にも労働時間などはない。臨機応変で、時としては早朝から真夜中迄、ぶっ通しで働く。之も冷たい義務感からではない。内から喜んで働くので、労働争議など起ることがない。

（柳宗悦「近代美術館と民藝館」『民藝』第64号）

とにかく金がない。金はないが志はある、という民藝館側の清貧さがしきりに強調されているのだ。

さらに、柳宗悦の死後に、息子である柳宗理が書いたエッセイからは、柳家の内情が生々しく伝わってくる（ここで出てくる「母」とは、宗悦の妻、そして「声楽の母」「声楽の神様」とも呼ばれた声楽家、柳兼子のことである）。

哲学者としての父宗悦は、思索生活から来る頭の疲れからか、家庭では大変な気難し屋で、何かにつけて不機嫌になり、母に当り散らしていた。勿論母兼子は強い女だったから、時には父宗悦の爆発に対して抵抗し、大きな声で反撥した。かくして夫婦の喧嘩は猛烈になり、その頃近くに住んでいた志賀直哉も、バーナード・リーチも、その間に入って気を揉んでいたようである。

……と、ご近所に響き渡るほどの夫婦喧嘩を繰り返しながらも、料理上手で手先が器用な兼子は、客人にご馳走を振る舞い、家族の着物を修繕し、大変立派な家族の支えであったらしい。が、彼女が担っていたのは家事だけではなかった。息子のエッセイはこう続く。

（「素晴らしい苦闘の生涯」『柳宗理 エッセイ』）

結婚して間もなく、親族の事業の失敗が原因で、かつて金持ちであった柳の家は無一文になり、生活も苦しくなり、一家の生活費は殆ど兼子が背負うことになってしまった。結婚前には宗悦は、音楽の修業のために外国に行かねばならないと薦めていたが、結婚後はそんな余裕は些かも兼子に訪れてはこなかった。（中略）勉強家である夫宗悦の読書欲は相変わらずで、その購入費は生活費にまで食い込むようになっていた。又、京都へ移ってからの宗悦の民藝への情熱と蒐集は猛烈で、一家の支えは全く兼子の稼ぎ一つに掛かるようになっていた。

日本の朝鮮統治の際は、宗悦は身の危険を顧みず軍国主義に反対し、又、破壊されつつある朝鮮文化の擁護に文筆をもって立ち上がった。妻である兼子は夫の宗悦に従ってたびたび朝鮮を訪れ、夫の朝鮮のための運動に協力した。そして精力的に幾度となく音楽会をして、その稼ぎをすべて朝鮮のために捧げたのである。

（同前）

か、兼子様……。不十分な環境下であっても歌で金を稼ぎ、日本の声楽界を切り拓き、三人の息子を育て上げ、夫の運動に危険を顧みずフルコミットするというのは、なんたる功労！　その人生を思うと涙が出てきてしまう。

さらに、東京が空襲に呑まれた戦時中。柳宗悦は、駒場にある日本民藝館を守るため兼子と赤子（戦地フィリピンに赴いていた柳宗理の息子）と共にみなが疎開する中でも東京に残り、夫婦でバケツと箒を持って死物狂いに民藝館に迫りくる火を打ち消したそうだ。

命を懸けてお守りする……だなんて使い古された台詞があるけれど、その言葉をモノ相手に全うするだなんて！

金勘定ができず、妻に桁外れの負担をかけ、命までも懸けさせて守り抜いた民藝品と民藝館。なんてクレイジーな人なのだろう！　現代の倫理観で考えるのは不毛ではあるのだけれども、開いた口が塞がらない。さらに、小池静子による『柳宗悦を支えて　声楽と民藝の母・柳兼子の生涯』を読むと、自分は歌ばかりやってきて家事は苦手だから結婚には相応しくないと遠慮する兼子に対して、「芸術家としての貴方の使命を全ふする事に、出来得る限りの力を尽くす覚悟で居ます」と熱心にアプローチをしたのは宗悦の側である。それが結果として、宗悦の客人らに料理をふるまい、運転資金を捻出し、声楽家としての活動には支障をきたす人生になるだなんて……まったくもって話が違うではないか。

それだというのに、国立近代美術館での『民藝の100年』では柳宗悦を中心とした偉大なボーイズクラブの歩みばかりが取り上げられているため、命を懸けた功労者である妻の存在についてはほぼ触れられていない（民藝運動にまつわる人物相関図にも、息子である柳宗理の名前はあれど兼子の名前は出てこない）。妻の立場からすれば、化けて出て来てもおかしくないのではなかろうか。

と、そんなことを言いたくなってしまう側面はあれど、展覧会自体は大満足の充実ぶりだった。駒場の民藝館では「知る前にまず見よ」という柳の思想を引き継ぎ、展示品にはほぼ解説がついていない。それはそれで良いのだけれど、やはりこんなにも個性の際立つ人たちの活動は、その思想と共に鑑賞できると面白い。

しかし私は、展覧会の最後に密かな楽しみを抱いていた。なんと言っても、今回の展覧会は「美術館」「出版」「流通」という民藝の樹の3枝に焦点を当てたもので、中でも「流通」はこれまで美術館がしっかり扱ってこなかった分野だからこそ、今回は注力しますよ、といったようなメッセージを見ていたからだ。ここまで4時間かけて物欲が刺激されていたこともあり、財布を握りしめて最後の部屋へと向かった。

が、ミュージアムショップへ入った瞬間、その期待は崩れ落ちた。今度は柳宗悦本人が化けて出るのではないか？　と思わされる光景が広がっていたからだ。先程までさんざっぱら、手仕事の価値、そしてボロ布へのこだわりなどが訴えられていたにもかかわらず、そこにずらりと並べられていたのは、ミュージアムショップでよく目にするような薄い綿の量産トートバッグなのである。それには同展のメインビジュアルにも使用されていた鉄瓶のシルエットがプリントされているのだけれど、アイコニックなモチーフをプリントする……という手法は、民藝の思想とは乖離しているのではないか。現代のSNSでは、使い込むほどに味わいの増す服や鞄《かばん》以上に、ブランドのロゴ入り新商品ばかりが持て囃されるような現状があるけれど、私はこのプリントトートに、それに近い刹那的な消費対象としての印象を抱いてしまった。

これはもしかして、展覧会毎にトートバッグやクリアファイルなどをつくる決まりがあるから、今回もそのルールに準じてつくらざるを得なかったのだろうか？　と思ってアーカイブを見たところ、やはりほぼ全ての展覧会でトートバッグがつくられている。お土産として、また画集を入れる袋としてそうしたものが重宝されるのはわかる。けれども本展は民藝の、つまり民衆のための日用品の美しさについて命を燃やし続けた男たちの展覧会なのである。関係者は誰も「今回はちょっと……」と言い出さなかったのだろうか。

既に触れた通り、柳宗悦は国立近代美術館を「官の役人だと、とかく事勿れ主義になるが、在野人はしたい事を真直ぐにする幸福がある」と批判している。事なかれ主義を辞書で引くと、そこには〝事を荒立てて波風が立つことのないよう穏便に取り計らおうとする人、とりわけ、そのために問題や面倒から目を背けるような消極的な姿勢をとる人を意味する〟と書いてある。

この展覧会の締めくくりとして相応しい商品は、プリントのトートバッグではないだろう。しかし企画側には、いつも通りのルールに異を唱える人はいなかったのだろうか。いや、企画側と制作側が縦割りで別の組織になっていたから、ミュージアムショップまでキュレーションが及ばなかったのだろうか。そうだとすれば、柳宗悦の国立近代美術館に対する批判が、いまもなお通用してしまうではないか！

『民藝の１００年』公式サイトには〝本展は63年前、柳から投げかけられた辛辣な「お叱り」を今、どのように返球するのか、というチャレンジでもあります〟と書かれていたのだけれど、これでは返球どころかそのまま三振アウトの試合終了である。民藝の柱は、展示だけではなく流通にもあると、展覧会の概要で書いてあるのだし……。

ミュージアムショップにはほかにも、息子のデザインしたお玉やフライ返し、日本各地から集められた民藝品も販売されていた。そこには、柳らの意思を継ぐような魅力的なものも多数あった。けれども、公式グッズであるトートバッグやクリアファイルが一番目に付くところに置かれていることで、その空間全体の空気が軽いものに感じられてしまい、先ほどまで刺激されていた物欲はさっぱり消えてしまったのだった。ただ図録は購入しようとレジに持っていったところ、それを入れる有料の袋としてトートバッグの要不要を問われた。それは結構ですと大きな図録を小脇に抱え、国立近代美術館を後にした。

そういえば先日、日本民藝館の現・館長である深澤直人さんと一汁一菜の土井善晴さんのトークを聞いていたところ、最近は「ふつう」のレベルが下がっているよね、という話題が出ていた。

「ふつうに至らないものが多くなってきたんじゃないかと。ふつうに至らないというのは、モノが貧相になっただけじゃなくて、民族そのものが弱くなった」——というような話があった。

今日の暮らしの中で、あのトートバッグはふつうに使える。むしろ、展覧会に展示されていた民藝品の数々よりもずっと、日常に取り入れやすいカジュアルさがあるのだろう。

ただ、その「ふつう」の平均値が、柳宗悦たちが生きた時代よりもずっと、簡素で奥行きのないものになってしまっているのだ。それ故に民藝品とのギャップが感じられ、結果として非常に弱く見えてしまった。そうした民衆の「ふつう」の推移を、民藝の展覧会の最後で示すことになったというのは、なんとも皮肉が過ぎないだろうか。とはいえ展覧会はとても面白く、4時間かけて見ることをお勧めしたい。そして霊感の強い方はぜひとも、その場になにかが出ていないかを確かめてみて頂きたい。妻と孫の命を危険に晒してでも蒐集品を守ったような男なのだから、そこに出ても不思議はなかろう。

*

——と、この文章をインターネットに公開した直後から、大きな賛否両論が巻き起こった。非常に頷けるというご意見、トートを気に入って使っていたのに傷ついたというご意見、さらにはミュージアムグッズ論争にまで火がついてしまい、私のタイムラインには各々の信条を伝える言葉が飛び交った（私の強い物言いに落ち込んだという声もいくつか頂戴し、ここに収録した文章は少々柔らかくリライトさせていただいたこともお伝えしておきたい）。さらには民俗学者・畑中章宏さんの『「民藝」は運動や思想を騙ったブランディングだと思っていて、柳田国男以来の「民藝」嫌いを私も踏襲している。』という投稿に端を発し、批判の対象は次第にトートバッグから離れていった。

そうしたタイムラインを見ながら、「もし柳宗悦がSNS時代に生まれていたら、日々大炎上していたのだろうな……」だなんて想像してしまった。が、現代において、民藝ほどに強い概念を提唱することは可能なのだろうか。あくまでもそれは「民衆」と、それを選別する側が異なる階層（という言葉は好まないけれど）で生きていたからこそ成立したものであり、個々が発信力を得た現代においては難しいのではなかろうか。

いち個人が言葉や作品を発信できるようになったSNS時代の恩恵を、私は大いに受けている。けれども個が力を得ていくのと同時に、強烈なカリスマは姿を消していき、それが同時に「ふつう」のレベルを低下させている要因にもなっているのかもしれない。メーカーはSNSに日々溢れる消費者の意見を分析しながら商品をつくり、それが集合知によって評価され、平均点の高い――つまりコスパが良く便利なものがランキング上位を占めていく。そこに美意識という評価基準が立ち入る隙間は、100年前よりもずっと狭くなっているのではなかろうか。この時代に生きる人間の一人として、これからの私たちの美について、在り方を考えさせられたのであった。

II　暮らしの内側で

暮らしの背骨を取り戻す

引っ越し作業の合間にSNSを開くと、日本代表のメダル獲得に熱狂する知人の声と、五輪を即刻中止せよという知人の声が同時に流れてきた。昨年は大統領選を通してアメリカの二極化に頭を悩ませていたのだけれど、そうした二極化はもはやすぐ傍に顕在化しているらしい。

私はそんな社会の中で、あえて言うならば左寄りに立っているのだろう。多様性を排除しようとする社会の仕組みや、ジェンダーバランス後進国の現在地には溜息が出てしまうのだし。ただSNS——とりわけTwitterでは、なにかを批判をするにも擁護をするにも、明後日《あさって》の方向から揚げ足を取って論破した気になっているような投稿ばかりが目立つ。さすがに憂鬱になってしまい、青い鳥のアイコンをホーム画面から消した。

日陰が増えてきた頃合いを見計らい、パスポートと戸籍謄本を持って区役所へ向かう。

海外からの転入なので少しややこしいかなと懸念していたのだけれど、職員の方がテキパキと記載方法を教えてくれて、その後すぐ国民健康保険証の発行準備にも入ってくれた。あぁ、これでようやく歯医者にも、眼科にも、婦人科にも行ける。医療体制が充実し、窓口の方々が「は？」とか言ったりしてこない……そんな母国の暮らしやすさに触れて今度は安堵し、先程の憂鬱気分から抜け出すのだった。

アメリカで最後の数ヶ月を過ごしていた頃、「アジア系住民に対する犯罪被害に遭わないための注意点について」というタイトルのメールが届いた。コロナ禍以降、在ニューヨーク日本国総領事館のメールマガジンに登録していたので、そうした注意喚起が頻繁に送られてきたのだ。開けば、目を覆いたくなるようなアジア人に対する暴力事件についての情報が複数並ぶ。そしてNYPD（ニューヨーク市警察）では30件以上のアジア系住民に対するヘイトクライム事件を捜査中とのことで、日本領事館は「できるだけ一人での外出は控えるように」と在米日本人たちに呼びかけていた。

しかしその頃の私は一人で暮らしていたし、まったく外に出ないというのも難しい。「金髪にすれば狙われにくくなるよ！」というアドバイスを受けたけれど、暴力を振るってくる人たちのために髪を脱色するというのは気に食わない。でもとりあえず帽子を被って黒髪を隠し、地下鉄では仲間に見えそうなアジア人の近くに座り、周囲を警戒しながら歩いた。

もし私がアジア人であるというだけで、文化も、言語も、受けた教育も、受けられる社会制度も異なる他人に攻撃されたとしたら――その相手とわかり合うことはきっと至難の業だ。そうした日々を過ごしているうちに、赤の他人は理解の範疇《はんちゅう》を超えた存在だから……と捉えるようになっていた。「話し合えばわかる」といった希望をもとに他者を捉えるよりも、「きっとわかり合えないだろうから、最大限警戒しよう」という諦め……諦観《ていかん》のようなものが、多様性の中を生きるための杖になっていたのだ。

いや、それは人種の異なる相手に限った話ではない。近いルーツを持っていたとしても、理解の及ばない相手は存在した。論理的に話しても、感情的に訴えても、押しても引いてもわかり合えない――そうした人がいるのだという現実を受け入れたとき、心の中から怒りという感情が消えていくのがわかった。

私にとっての怒りというのは往々にして、「わかり合えるはずなのに、どうして？」という同胞としての期待があるからこそ湧き上がってくるものだったのだと、あらためて認識した。だからわかり合えないという前提に立つと、怒りはどこかに消えていくのだ。それはきっと、生きづらい日々の中で呼吸をするための自己防衛的な心理状態なのだろう。その先にあるのが悟りか、虚無に満ちた憂鬱であるのか……それはいまのところわからないのだけれど。

先日、そうした怒りの消失についてSNSで何気なく呟いたところ、「なんだ、この人はアクティビストになるんじゃなかったのか」というようなご意見をいただいた。アクティビスト。確かに、帰国の旨を伝えるためにInstagramに長文を投稿したとき、私は英文の最後を以下のように締め括っていたのである。

I'm just a writer, but I believe that I can change society with the power of words. I wanna live in my home country, Japan, as a writer and an activist. I'm truly grateful to my friends in New York for giving me the courage to do so!
（私はただの物書きですが、言葉の力で社会を変えられると信じています。物書きとして、そしてアクティビストとして、母国の日本で生きていきたい。その勇気を与えてくれたニューヨークの友人たちに心から感謝しています！）

〝activist〟をそのまま「活動家」と和訳すると若干ニュアンスが変わってくるため、これは英語だけで書いていた文章だったのだが、隅々までよく見てくれている人はいるものだと感心した。ただ、「アクティビスト＝怒れる人」と認識されている点には異議を申し上げたい。

社会に変化を促す手段は怒りを叫ぶことだけではない。実際、ゴミの出ない暮らしをお洒落なＳＮＳで発信する人、優れたプロダクトデザインによって社会問題を解決する人、小さな声を届けるために本屋を開く人、老人をファッションモデルに起用し「若さ」という有限の価値ばかり礼賛する業界に警鐘を鳴らす人――ニューヨークではそうしたさまざまな手段で活動する人たちが《Founder / Activist》とか《Designer / Activist》といった肩書を自らに付けていた。それじゃあ私も《Writer / Activist》になるな、と先のように書いたのだ。

ちなみに英英辞書で〝activist〟という言葉の意味を調べると、〈someone who works hard doing practical things to achieve social or political change〉つまり「社会的または政治的変化を達成するために、実践的なことに懸命に取り組む人」だと書いてある。そして、〝activist〟の和訳として使われている「活動家」を国語辞書で引くとそちらは「主に、政治への働きかけ、政治運動に積極的に参画している人を指す表現」。つまりそれらの言葉が指し示す範囲は、英語と日本語でそれなりに違うのだ。そうした違いが、社会の空気を少し違ったものにしているのかもしれないな、と思った。いずれにしても、分野を問わず自らの願いを掲げ、それに向かってさまざまな手段で社会に訴えかけていく――そうしたニューヨークのアクティビストたちに、私は大いなる勇気をもらったのだった。

では私は、これからどんな願いを掲げていきたいのか。端的に言えば、暮らしの背骨を取り戻すこと――とも言えるだろうか。それは先にも書いた、台湾系アメリカ人のAesther Changとの出会いによって抱くようになった問題意識にも起因している。

移住者の両親を持ち、家庭と学校とで異文化を行き来する「二世」たちが文化的なアイデンティティ・クライシスに陥りやすい……というのは、世界中で大きな社会問題になっており、彼女もいくらかはそうした側面を抱えていた。ただ彼女の話を聞くうちに、より厄介な文化的アイデンティティ・クライシスを抱いているのは日本で生まれ育ったこちらなのではないか？　と思わされるようにもなったのだ。

少なくとも彼女は、自らのルーツを卑下するようなことを一切言わなかった。両親を愛し、台湾に住む祖父母を愛し、遠く離れた故郷と家族に美しい誇りを持っていたのだ。ただ、曾祖母の一人は統治時代の影響で、日本式の住宅に住み、日本語を話していたらしい。

だから彼女の父はその曾祖母と会話をすることが難しかったそうだ。そう話す彼女を前に、私はやり切れない罪悪感を抱いた。それだけではなく、私はずっと自らが育った環境に、恥ずかしさや劣等感を抱いていたところがある。

文明開化の折、より優れた文化を取り入れようと西洋の模倣をした過去。戦後、焼け野原からの復興時に合理化や資本主義的な競争原理ばかりに社会の手綱を握らせ、「機能を果たせばそれで十分」といった味気ない家や商品を量産した過去。そうして文化の背骨を失った社会に生まれ、メディアや広告から、生まれ持った姿形を「修正すべき劣ったもの」だと否定され続けてきた思春期の記憶。日本で日本人として、マジョリティとして生まれ育ったにもかかわらず、どうしてこんなに劣等感がまとわりついてくるのだろうか。これは私個人の性格の問題なのだろうか？

ただ、一見失われてしまったかのように思える文化の背骨は、日本各地、さまざまな作り手たちのところで、今日も生み出され続けている。長い歳月をかけて培われた技術を継承しながら、いまの時代を描く人。その土地にある素材を活かして、美しい日用品をつくる人。心から安堵できるような住まいを設計する人と、それを確かな技術で形にしていく人。そうした人たちの手によって、守られ、更新されていく美しい文化はいまも確かにある。

一方、私はそうした形あるものをつくる技術をこれまでなにも身に付けてこなかった。けれども、そうした作品や、ものや、場所に宿る小さな声をよく聞いて、言葉で伝えていくことはできるだろう。物書き兼アクティビストとして、過去を学び、現在を知り、そして願いを掲げていくことはできるはずだ。

いまとなっては素敵な壁紙の名前として目にする機会が多いウィリアム・モリス。彼は産業革命後のイギリスに安価で粗悪な量産品が溢れたことを嘆き、暮らしの中のデザインと芸術を統合させる商会を立ち上げ、美しいテキスタイルデザインなどを世に出した。それと同時に、モリスはマルクスの継承者として社会主義を推進したアクティビストとしての顔も持つ。無論、その理想論の顚末を知る現代人としては彼の思想を手放しに賞賛することは難しい。

けれども、暮らしや生活を豊かに育むことと、社会に意見を述べることは相反することではないと彼は教えてくれる。むしろ市井の人々の暮らしという一粒を最小単位として、それらが房となり社会はでき上がっているのだから、その小さな粒の輝きに固執するのは自然なことだ。

食べるものも、着るものも、居るところも、話すことばも。日々の暮らしに宿る文化は尊厳として、私たちの背骨になってくれるのだから。文化を育みながら生きることを高らかに礼賛する……そういうけったいなアクティビストがいてもいいんじゃなかろうか。そんなのは認めないと言われたとて、私はそう在りたいのだ。

「何を買いましたか？」

最近、「何を買いましたか？」という質問をされることが増えてきた。そうした個人的なことに興味を持っていただけるのはありがたい反面、答えに困ってしまうことも多い。

というのも、ここ1年は東京での暮らしも落ち着いてきたので、私の財布の紐はそれなりに堅い。そこで今年のベストバイをいくつか問われているのに、昨年買ったものを紹介しようとすると、「そちらは、別の媒体でも既にご紹介されているので、できれば他のものを……」と却下されてしまう。

しかし、毎年ベストバイがたくさん見つかるような速さでものを買っていたら、たちまち家は足の踏み場もなくなってしまうではないですか。ベストバイだけではなく、年度末の新生活応援セール、不定期で訪れる楽天お買い物マラソンにAmazonブラックフライデー……世の中には、ものを買うための祭りがあまりにも多い。そして平時であれ「爆買い動画」なるものの再生数は伸びるらしく、そうしたコンテンツはYouTubeやTikTokに増え続けている。

もちろん、ものを買うにあたって識者の意見は役に立つ。とくに化粧品のように使い切るまで時間がかかるようなものに関しては、YouTuberの細やかなレビュー動画を参考にさせていただくこともある。ただ、私は特定の商品ジャンルの識者という訳ではなく、少々やかましいだけの消費者である。そうした消費者の暮らしにおいては、何を買ったか以上に、何を買わなかったか……というところにその美意識が宿るのではないかしら、と常々思うのだ。だって、ものが素敵に並べられた商業空間において「買わないぞ」と判断をするというのは、自分自身のものさしを大切にしていることでもあるのだから。

これは別に、「忍耐せよ、贅沢は敵だ！」と言いたい訳じゃない。いやもちろん、地球の資源は枯渇し、およそ20年後には日本のゴミの最終処分場は満杯になってしまうという現状があるのだから、事態は深刻ではあるのだけれど。ただ深刻な問題を心に留めながらも、それでも可能な範囲で暮らしの中に喜びを見つけておくことは、こうした状況を長く生きる上で役に立つ。だから何かが必要になったとき、ショッピングモールやECサイトをまず巡回するのではなく、他にもいくつかの手段を持っておきたい。それは、きっと暮らしを創造的で楽しいものにしてくれるはずだから。

なにかが欲しいとき、まずはあるものでつくれないだろうか？　と考えるようにしている。たとえばテーブルクロスが欲しいとき。確か汚れてしまったリネンのシーツがあったから、あれで間に合わせられるな……と鋏を入れてサイズを調整してみる。ブックエンドが欲しいときはそのへんの石を拾ってきて、ガタつかないように底面を少し平らに埋めてみたりする。

私がそうして手を加えたものの中でも一番気に入っているのは、コンクリートブロックを重ねた上に、黒く塗った板を乗せただけのテレビ台。ＤＩＹとも呼べない程度の簡単な構造ではあるけれど、中に回転テーブルを仕込んでいるので、テレビを観るために首のほうを回転させる必要がない。そうやって、暮らしのニーズにぴたりとハマるものをつくれるとたいへん気持ちがいいもんだ。板やブロックはそれぞれ、テレビ台としての役目を終えても、また別の場所で活用できるかもしれないし。

そうやって何かをつくれないかと想像をはたらかせたり、手を動かしたりする時間は私にとって、心を守るためにも役に立つ。というのも、文章を書くというのはやり甲斐のある楽しい仕事ではあるけれど、ずっと感情に対峙しながら書いては消してを繰り返す……という日々は少々堪《こた》える。さらに話し相手が欲しくなって向かう先がＳＮＳ……というのもあまり良い環境ではない。「寂しさ対策としてSNSに訴えるのは、二日酔いがつらいから迎え酒を飲むみたいなやり方なんですね」と哲学者の谷川嘉浩さんも『スマホ時代の哲学』に書いてたし。

いずれにせよ、ひとときでも自分の頭や心から距離を置き、ムシムシとなにかをつくることに熱中する時間は、思考を前向きにしてくれる。そうしてなにかができた暁には、衝動買いをしたものが届いたときとはまったく違う種類の嬉しさがこみ上げてくるのだ。

しかしもちろん、自分でつくり出せないもののほうがうんと多い。そうした場合、まずは古いものの中から、使えるものや気に入るものがないだろうか……と探すようにしている。

ここで一概に古いものといっても、古いと価格が下がっていてありがたいものと、古いからこそ味わいが増す……という類のものがある。そこを一緒にするとややこしくなるので、まずは価格が下がる前者について書いていきたい。

たとえば電化製品などの場合、私はほとんどをメルカリやジモティ、トレファクなどの中古で探す。気になる商品の型番を検索すればだいたい中古のものが出てくるので、写真や出品者のレビューを見てジャンク品ではないことを念入りに確認してから購入する（良いレビューしか掲載されていないような違法サイトにはお気をつけて！）。参考までに、私が中古で購入した電化製品を挙げてみると……冷蔵庫に洗濯機、テレビ、食洗機、サーキュレーター、レコードプレーヤー、カメラ、ストーブ、空気清浄機、ＰＣモニター、トラックパッド、目覚まし時計、デスクライト……とこのまま続けていたらキリがない。

メーカー勤務の友人も多いので、「中古を買ってます！」と公言するのは申し訳ない気持ちも少しあるとはいえ、廃棄物処理場に電子機器が溢れ返っている報道などを見ていると、今年の新作はこれ！　という売る側の提供速度には抗いたい気持ちも生まれてしまう。ただ、古い家電はエネルギーの消費効率が悪いこともあるので、そのあたりはじっくり吟味したい。

そして何かを買うときは、同じ機能を持ったものはできる限り手放すようにしている。これは家の収納スペースが限られているから……ということもあるのだけれど、売って、買ってを繰り返していると、家の中にある在庫を常に把握できるようになるので、風通しが良くなり清々しい。それに、なにかを買うとき「最終的に買い手がつくか否か？」という点を加味するようになってくるので、安物買いの銭失い、となることがうんと減る。

こうして、家具家電は天下の回りもの……といった感覚で生活をしている私だけれども、一人暮らしを始めた23歳の頃は少々潔癖なところがあり、中古品には抵抗があった。が、そうした衛生観念はたった数年のアメリカ暮らしで捨ててきてしまった。

そもそもアメリカの賃貸物件では基本的に家電は備え付けなので、電子レンジや冷蔵庫などは自ずと中古品を使うことになる。そして一見美しく見えるクリーニング済みの物件であれ、よく見ると油汚れや砂埃が各所に残っていることは多く、入居した日には床や家電を徹底的に水拭きするところから始まるのだった。

それに加えて、ニューヨークでは道の至るところにチェストやソファなどが捨てられており、それを持ち帰って家の中で再利用しているニューヨーカーが少なくないことに驚いた。あちらには大型ゴミを捨てるのに有料シールを貼って行政に連絡、といった日本のようなルールはなく、ソファでもマットレスでもなんでも、回収される曜日の前に道に捨てておけばOK。すると翌日には業者が回収していくのだけれど、それよりも先に良さそうなものを品定めして持って帰る人が結構いるのだ。ただ、そうして道に放置するのは南京虫などのリスクも上がるということで、集合住宅の住人専用SNSでは「不要な家具を売ります・あげます」といったスレッドが盛り上がり、そこで私も何度か中古品を譲ったり、譲ってもらったりしたものである。これは世界中から人が集まり、けれどもその多くが数年過ごしただけで去っていくニューヨークだからこそでき上がっていったエコシステムなのかもしれない。もっとも、大型ゴミまで無料でホイホイ捨てられるユルさは、一人あたりのゴミ排出量が世界ワースト1位である、というアメリカの悪しき称号とも関連性が深いのだろうけれど。

そうしてもう一つ、古いからこそ味わいが増すものについて。これもニューヨークでの暮らしを経て、その魅力に気がついたところは大きい。あちらは家の壁が雑に塗られていたり、床はこれまでの住人に踏みしめられて経年劣化していたりすることもあり、そうすると古い道具がよく似合う。ブルックリンで暮らしていた頃は、近所にあったMother of Junk（ガラクタの母！）という店に時々遊びに行っていたのだけれど、そこは処分場か売り場かもわからない程に古いものがひしめいていた。そこで売られていた真っ黒に汚れた古いトレーが気になり、3ドルほどで購入。脂や錆をあの手この手で落としてみると、見違えるほどに美しい銀色に輝く姿を見せてくれた。はぁ、こうやって手をかけてやると、ものへの愛着も育つものだなぁ……と嬉しくなってから、私はジャンクショップで掘り出し物を探しながら、想像を巡らせるのが一つの趣味にもなったのである。

なにかが欲しいとき、まずは自分でつくってみる。つくれない場合は、古いものから探してみる。しかしそうした手段では絶対に手に入らないものもあり、ここでいよいよ、新しいものを買う選択が浮上してくる。

私は古いものが好きではあるけれど、古くから残る器や家具は、どうしても耐久性の高いどっしりとしたものが多い。一方、現代を生きる作り手が生み出すものは、ときに息を呑んでしまうほどに儚《はかな》く美しい。

たとえば薄いガラスがゆらめく、艸田《くさだ》正樹さんの器。これに水を張って窓辺に置き、ゆらゆらとした光を眺めるのが好きだった。Sゝゝ（エス）の冷茶用のグラスは、緑茶の端正な旨味をより一層引き立てる。同じくSゝゝの先細竹箸は、軽く細いために限りなく存在感が薄く、繊細な味付けの和食を口に運ぶのに相応しい。まだ我が家にはないけれど、いつか必ず……と焦がれているのは、日渓《にっけい》美佐江さんの真鍮の茶漉しに、中村友美さんの銅製の薬缶。そうした道具がある暮らしを想像しただけで気持ちがふわりと明るくなる。

推しは生きる希望を与える……と言うけれど、同時代に生きる人たちが生み出す美しいものを、彼ら彼女らがそれをつくっているうちに手に入れようと目標にすることも、生活に希望を与えてくれる。

そして日々下手なＤＩＹに精を出していると、世の美しいものがいかに研鑽を重ねた技術でつくられているのか……ということも少しだけわかってくる。自分の手を動かして初めて、ものを曲げること、切ること、縫い合わせることのむずかしさを知り、ひいてはものを観る解像度が上がる……というのは嬉しいオマケだ。息を呑むほどに美しいものと、そこそこ良い感じのものとの間にある小さな、けれども決定的な差。そうした差が明らかに見えてきたとき、それを手に入れるためにお金を払う覚悟が決まるというものである。

「何を買いましたか？」という問いに関していろいろと考えていたら、また随分と長くなってしまった。いずれにせよ、買い物で欲を満たしていくというのはキリがない。地球の資源も、カードの上限金額も限られているのだし。それよりも、何を買わないか……という判断をしながら自分のものさしを大切にして、つくれるものはつくりながら、その上で本当に大切なものを迎え入れていきたいものであります。

引っ越しと、新・ルールの取り決め

「やっぱりトイレは個室であるべきだよ」

壁のないトイレに我慢の限界を迎えた彼の言葉をきっかけに、私たちは引っ越し先を探すことになった。

私たちの住んでいる家は、トイレにも風呂にも壁がなかった。水回り一帯をふんわり仕切る引き戸はあるのだけれど、あくまでもふんわり。そんな家に住み始めたのは、私がアメリカから一人で帰国した2021年の夏だった。当時の私は離婚して独身に戻ったばかりで、もうあれこれ気にせず独断で家を選べる……！　という解放感から非常に尖った物件を選んだのである。

各々の居室に入る前に水盤があり、その上に渡されたコンクリートの橋を渡って入室、という現代美術館のようなアプローチを持つ集合住宅だった。居住スペースはがらんとしたコンクリートの箱で、それが1階と2階に分けられているだけ。そこをいまにも滑り落ちそうになる設計の階段が繋いでいた。利便性の低い家ではあったけれど、私は年季の入った壁や床の質感が気に入り、そこに枯れた花などを活けて機嫌良く暮らしていたのだった。

しかし途中から新しい恋人とそこで一緒に暮らすことになり、事情は変わった。彼は勤勉でハキハキと明るい大学教員。その生活は驚くほど規則正しく、立派であった。

まず朝起きてコーヒーを淹れ、英語のシャドーイングをしながら部屋を片付け、その後出勤時間まで自宅のパソコンから最新の論文をチェックする。一通り朝のルーティンを終えたら、「起きてね、朝だよ〜」とまだ寝ている私を起こしてから、ヘルメットを被って自転車に乗り出勤するのだ。帰宅後は料理も一緒につくってくれるし、洗濯物も畳んでくれる。あまりの暮らしやすさに私は感涙、「こんなにも優しくて知的で勤勉な人がまだ独身だったなんて、私は前世で徳を積んだのだろうか……!」と神に感謝したものだった。しいて言えば、戦隊モノのフィギュアを集めるという彼のオタク趣味が私の設えた空間をぶち壊してくるというささやかな不満はあったけれど、そんなのは可愛いもんである。私は毎日の生活が楽しくなり、この人とこの先も暮らしていけたら良いなぁ……と思っていた。が、2ヶ月ほどした頃、彼の調子は急降下した。

朝のルーティンは変わらず継続してはいるものの、「行ってきます」すら告げず黙って出ていく。夜は飲みに行くことが増え、深夜まで帰ってこない。そして家にいると思ったら、お腹が痛いのかしょっちゅうトイレに籠もっている。「大丈夫？」と聞いても「ん……」という愛想のない返事。突然、なにが原因でこうなってしまったんだろう？　と困惑したのだけれど、それを話し合う時間もないほど、彼は家に寄り付かなくなった。私が悪いのだろうか？　いや、思い当たる節は……それなりにあるけれど、でも直接喧嘩をした訳でもないし、話をしないことには何もわからない。

そこで深夜帰ってきた彼を捕まえて、事情を聞いた。なにが理由で、突然態度が変わってしまったのか。その原因は私にあるのか否か。あれば改善の余地はあるのか。そう問い詰めたところ、冒頭のトイレに壁がない問題が訴えられたのである。え、そんなこと？　と私は拍子抜けだったが、彼の状況は深刻だった。

トイレだけではなく、家には各々の自室もなかった。さらに四六時中、職場を持たない私がそこにいる。大学寮を出てから約10年の間ずっと一人暮らしをしてきた彼にとって、人生初めての同棲がプライベート空間ゼロというのは、あまりにも大きな環境の変化だったらしい。その上、「優しくて知的で勤勉な人」という私の彼に対する期待を含んだまなざしが、その当人を追い詰めていたようだった。

彼のささやかな息抜きは、バラエティ番組を観ることだった。けれども、私がそれを「下品だし、うるさくない?」と一蹴したことで、その後家では一切そうしたものを観なくなった。彼は生活の中での息抜きの機会が少なくなり、ストレスが溜まっていく。酒の量が増え、お腹の調子が悪くなる。トイレに籠もる時間が増えるが、そのトイレに壁がなく音が筒抜けで恥ずかしい。私が外出したときは「いまが好機!」とバラエティ番組を観ようとするのに、家が大好きな私はものの30分程で帰ってくる。「なんでこんなにすぐ帰ってくるんだ……」とうんざりした表情を私に向けてしまい、そのことでまた自己嫌悪に陥っていく……というようなことだった。

日頃ほとんど文句を言わない男からの訴えほど、切実なものはない。これまでにない口調で、ゆっくりポロポロと話す彼の言葉の端々からは、我慢の限界だったことがよくわかった。私はこの人をここまで追い詰めていたのだな……と、無自覚だった自分の加害性を認識した。「ごめんね」「いや、こっちこそ」と、わだかまりが解けた頃には朝の4時になっていた。

毎朝のルーティンを死守したい彼には大変な夜更かしとなり申し訳ない……と思ったけれど、この日を境に彼は朝ゴロゴロと過ごしたり、バラエティ番組を観たり、完璧ではない姿も見せてくれるようになった。私は「こだわりを捨てる」というのを34歳の目標に据えて、テレビ番組にせよ、流す音楽にせよ、厳しすぎた自らの取捨選択をぶわっと緩めて、包容力のある人間になることを目指したのであった。

そして我々は、個室のトイレと風呂場を最大の必須条件にしつつ、引っ越し先を探し始めた。その他の条件は、彼の職場に通いやすいこと、各々のプライバシーが確保できること、二人ともが気に入る家であること。彼は日当たりの良い家が好きで、私は趣のある古い家が好き。……と、そんなに条件を増やしてしまっては、思うような物件はなかなか見つからない。いや正しく言えば、大金を払えばあるのだけれど、予算内ではさっぱり出てこないのだ。アホみたいに地価の高かったニューヨークから帰ってきた頃は「東京……安い!」といっとき浮かれていたのだけれど、その金銭感覚はすっかり抜けてしまった。東京は高いよ。

そうやってぼんやりと家を探しながら何ヶ月か経ち、彼もろくに仕切りのないこの家に慣れてきた頃。「ここ、良いんじゃない?」という物件が見つかり、すぐに二人で内見に向かった。

その部屋は、黒い格子で区切られた窓が印象的だった。窓の向こうには、東京にしては珍しいほどに緑が見える。トイレと風呂はしっかり閉まるドアで隔てられており、広いリビングに加えて個室が2つ、それぞれにクローゼットもついている。それでいて、なぜかちゃんと予算内。しかも恋人の職場にも近い。自転車置き場がないのが気になったけれど、それを吹き飛ばすほどに最上階に住んでいる大家のおじいちゃんの人柄が魅力的でもあった。

聞けば、かつてはイタリアンのシェフだったという大家さん。ここは30年程前に、ご自身が1階でレストランを開くために設計士さんと相談しながらつくった、想い入れの強い建物なのだとか。そしてシェフを引退したいまも上の階で暮らしているそうで、ご近所のことをいろいろと教えてくれた。東京の暮らしでは、世代を超えた人とのつながりが希薄だなと常々さみしく思っていたのだけれど、思ってもみなかった人情味溢れる環境に私は大いにときめいた。内見後、「あそこが良いね」「あんな家、他にないよね」という意見で彼とも一致し、すぐに申し込み書類を送った。

ということで、2023年6月上旬には新居に引っ越し。そして住民票も一緒にして、晴れて恋人は夫（未届け）になる。事実婚という形だ、ひとまずは。

個人の名義で開業して仕事をしている私にとっても、せっせと論文を出している研究職の彼にとっても、10年以上にわたり仕事上のＩＤとして使ってきた苗字が変わるというのは大変な面倒が伴う。もっとも、私は結婚と離婚で既に二度苗字を変えて、すっかりその手間の多さと不平等さに辟易してしまった、というのもあるけれど。それでいろいろと話し合って、ひとまずの暫定措置として事実婚状態に落ち着いた。

とはいえ事実婚というのは、法律婚のように相続などに関するルールも定められていない。そこで、想像しうる全ての問題を洗い出し、さまざまなトラブルを想定した上でいくつかの決まりごとを契約書の形にしていった。

たとえば、生計は基本的に別々だけど、どちらかがピンチなときはもう一方が扶助すること。10万円以上の大きな買い物をするときは、絶対に内緒にしないこと。今後子どもが生まれたら片方の姓を名乗ることになるけれど、その子が成長していく中で、しっかり気持ちや意見を聞くこと。そして18歳以降に子どもが自分の意志で姓を変えたとしても、異論を唱えないこと。もちろん、事実婚であることが子どもの生活や精神に良くないと判断した場合は、法律婚へ移行するための話し合いをすること。そして今後、もし選択的夫婦別姓が制定されたら入籍する予定ではあるけれど、契約内容は今回のように独自に決めること。

他、病気や死亡、金銭トラブルなどの問題に直面した際の条項をまとめ、最後は２０２

6年のカレンダーに「契約書の更新」というリマインドを入れて、我々の事実婚契約書はめでたく締結。結婚式も新婚旅行もブライダルフォトもなしの地味婚ではあるけれど、こうして腹を割り話し合う時間を持てたことは、一つの儀式のようでとても良かった。

「愛し合うことを誓います」と不明瞭な未来を宣言するよりも、自分は完璧ではないという前提の上で、「無自覚なうちに自分が加害者側になるかもしれない」という想像力を互いが持ち続けられることのほうが、私にとってはずっと信じられるものである。もちろん、30年以上別々の人生をやっていた、各々拘《こだわ》りの強すぎる大人二人が一緒に暮らすというのはなかなか大変なこともあるけれど。でも大人だからこそ、一つひとつの問題について話し合い、改善していけるだけの余裕もある。

新居の契約を締結し、不動産屋さんから大家さんの連絡先を教えてもらった。それをアドレス帳に登録するや否や早速大家さんから電話がかかってきて、「自転車置き場、見つかったよ！　あなたたち欲しがってたでしょ、だからご近所さんに融通してもらって。しかも屋根付き！」と報告してくれた。この報せには、二人でめっちゃ喜んだ。自転車があれば夫も職場まで通いやすくなるし、私の行動範囲もうんと広がる。気の良い大家さんと、まだ知らないけどお世話になるご近所さんに囲まれた新生活が、強く、豊かなものでありますように。

そして、少しだけ後日談。引っ越してからというもの、彼は自室でバラエティを観たり、さらに私の苦手なアクションゲームに興じる時間が確保できたことでストレスが激減したらしい。付き合い始めた頃以上に、よく笑う優しい人になり、私たちは些細な喧嘩をすることもなくなった。居住空間というのは精神衛生に、そして家族の関係性にここまで直結しているのだな……と私は学ばされたのであった。

おさがりなんて勘弁してくれ！　と思っていたのに

「欲しいもんあったら持って帰り」という太っ腹な声を受けて、母と二人、祖母の住んでいた団地へと向かった。祖母は必要な荷物だけを持って既に人生最後となるであろう引っ越しを済ませており、長年の棲家であった4LDKの家にはもう誰も住んでいない。

祖母が長年住んでいた家は、大阪の千里ニュータウンにある私の実家から車でわずか数分。太陽の塔がベランダから見える、見晴らしの良い団地の8階だった。子どもの頃はそこに家族でよく遊びに来たし、中学生になってからは私ひとり自転車に乗って来ることもあった。祖母は孫相手でも容赦なくハッキリ物を言う婆さんで、テキパキと食事の準備をしながらも私の話に鋭いツッコミを返してくれた。私はそんな祖母とこの家で過ごす時間が好きだった。

そんな祖母本人がいないその家で、棚や簞笥を開けていく。すると懐かしいものも、知らないものもいろいろと出てきた。子どもの頃にイトコたちとよく遊んだトランプや百人一首。母や伯父が思春期に読んでいた本や雑誌。祖父が趣味にしていた謡《うたい》の本。曾祖父が描いた掛け軸用の色紙。曾祖母から譲り受けたというお箏《こと》――。その家は息子と娘が巣立ち、夫が他界し、もう20年以上祖母は一人暮らしだったというのに、そこかしこに家族やご先祖の物が取り残されていた。そうしたものを母とあれこれ品評しながら、これええな、これももらうわ、と気に入ったものを床に並べる。大きな窓から差し込む春のやわらかい光が、部屋に舞うホコリをきらきらと照らした。

時折、各地の骨董市でお代を気にしながら古いものを漁っている私にとって、これほど楽しいイベントはない。しかし同時に、まだまだ元気だと思っていた祖母も思い出の空間を手放さなきゃいけない時期に差し掛かってしまったのだな……と切なくもなった。が、「制限時間、あと30分!」という母の号令がかかったので急ピッチで選別を済ませ、紙袋いっぱいにものを詰め込んで、名残惜しく思いながらも思い出の詰まった団地を後にした。

東京の自宅に帰り、持ち帰ったものを並べてみると、まるで祖父母がうちに遊びに来たようで新鮮な気持ちになった。それぞれどう使おうかな……とおさがりの品々を眺めながら考える。

まず、漆塗りの筆入れ。これは化粧道具入れにしようと決めていた。着物姿の女性が漆塗りの化粧道具を使っている姿にずっと憧れがあったのだけれど、現代のプラスチックに溢れたコスメ売り場ではそうした工芸品のような化粧道具にはなかなかお目にかかれない。でも、化粧道具入れだけでも漆塗りのものにしてみると、少し気分が上がりそうだ。次にこれは掘り出し物だと気に入って持ち帰ったのは、銀色のレトロな腕時計。どこのブランドのものかもわからないけれど、私のお気に入りの天然石の指輪とよく似合う。そして祖父が使っていた若草色の傘。これを雨の日にさしていると「おい、舞！」という威勢の良い祖父の声が天から脳に直接届いてくるようである。

祖父がこの世を去ったのは私が小学4年生の頃だったけれど、何年経とうと記憶から薄れようのない癖の強い爺さんであった。よく喋り、よく遊び、私たちをよく叱った。それ故か、形見をそばに置いているだけで脳内に祖父の声が止まないのは嬉しい誤算か？

私が日々使っているものも、こうして誰かの手に渡るほどの魅力を持ち続けてくれるのだろうか。先の流行りまではわからないけれど、願わくば形のある限り誰かに使われて欲しいな……と家の中を見回した。いやしかし、かつては誰かのおさがりなんて勘弁してくれ！　と思っていたのだけれど。

私には二人の姉がいる。長姉と次姉は歳が近いこともあって物を共有することは少なかったのだけれど、末娘の私のところには主に長姉の不要になったものがどんどん回ってくる仕組みになっていた。彼女の好きな薄紫色の自転車、SMAPの切り抜きを貼っていた跡が残る勉強机、3年間使って黄ばんだ中学の体操着。長姉が大学を卒業して実家を出た後は、彼女の部屋がそのまま私の部屋になり、姉の選んだものばかりが並ぶ空間の中で「ここはいつまでも、ゆきお姉ちゃんの部屋やな」と思いつつ過ごした。もちろん、長姉には長姉の、次姉には次姉の悩みがそれぞれあったらしいけれど、こと物の選択権においては生まれてきた順番に不満を抱いたものである。

そうした23年間の反動なのか、大学を卒業して実家を出たとき、一人暮らしの新居を自分の選択したものだけで埋め尽くせる！　という状況に感激した。初めての自分だけの家は、それまでの自室よりもずっと狭くて、日当たりが悪くて、窓を開けても隣の家の壁しか見えないような6畳アパートだったけれど、それでも私が選んだ城だった。プラスチックでできた枯れないグリーンを棚に巻き付け、雑貨屋で買ったパリの地図を壁に飾り、安いフォトフレームに色を塗ってその中に植物画のポストカードを飾った。

しかし、そうして私が愛した小さくてかわいいものたちは、その数年後にほとんどがゴミになった。アメリカに引っ越すことになった29歳の夏。必要なものは船便で送り、残ったものをまとめてガレージセールを開催したところ、人に貰われていくのはもちろん、それなりに価値のあるものばかり。5日間ほどのガレージセール期間を終えたフライト前日、誰の手にも渡らなかった服や雑貨や小物を燃えるゴミと燃えないゴミに分け、全て捨てた。

山積みにしたゴミ袋の中からところどころ透けて見える、かつて心をときめかせたものたち。捨てたい訳じゃなかったけれど、アメリカに持って行く必要性は低く、とはいえ倉庫を借りて保管しておくようなものでもない。そのゴミ袋だらけの景色がどうにもずっと心に引っかかっていたこともあり、それからの私はものを買うときにうんと慎重になった。そのものは数年後にはゴミになってしまわないか？　と店頭で厳しく自問自答して、新しいものをホイホイと買うことはなくなった。

が、物欲が消えてなくなった訳ではない。既に何十年も誰かに愛されてきたものというのは、流行に左右されない普遍的な魅力があるし、私が手放した後も誰かが使ってくれるかもしれない。修繕して使うことで、愛着もひとしおとなる。そうした考えに移行した私はなにかを買うのであれば古いものを中心に、古道具屋や骨董市、もしくはメルカリやヤフオクなどで誰かの「おさがり」を喜んで探すようになったのである。

もちろん、数多の選択肢がある中から自分の気に入った古いものを探し出すことと、姉の使ったものが自動的に降ってくるのとでは、主体性がまったく異なる。今回も祖母のおさがりを貰ったとはいえ、それを選び取ったのは私だ。そういえば子どもの頃も、自治体のバザーで自分が好きで選んだものは、それが古ぼけたぬいぐるみであれ心から気に入っていたんだよな……と思い出した。つまり古いものや、誰かの使ったものが嫌だったのではなく、主体性を持ちたかった訳だ。幼い頃にはそれが言語化できず、ただおさがりなんて勘弁してくれ、と思っていたのだ。

夏になり、感染症対策が一段落してゆっくり話ができるようになったと聞いたので、私は祖母が入居している施設を訪れた。小さいけれど日当たりの良い祖母の個室には、かつて祖父母の家にあった素敵な家具や食器が美しく並んでいて、あぁ、祖母にとって本当に大切なものはちゃんと選ばれ、こっちに引き上げられていたのだな……となんだか安堵した。

そして私は、祖母が思い入れのある古い家を去ることが悲しいのではないかと少し悲観的に捉えていたのだけれど、当の本人はこちらが拍子抜けする程にご機嫌だった。確かに、ホームの職員さんたちは感じが良いし、うちの両親も近所に住んでいるから安心なのだろう。なによりここは景色が良い。それに加えて、家族のもので溢れかえった家の中から、自分の好きなものだけを選んで持って来た部屋、というのもご機嫌の一つの所以なのかもしれない。祖母は三姉妹の長姉であるけれど、それ故か両親……私にとっての曾祖父母の形見の多くも祖母のところに辿り着いていた。必要以上のものが集まった空間で長年一人暮らしをしてきた祖母にとって、自分の選択したものだけで暮らせる新居というのは、小さくとも快適な場所なのかもしれない。

もっとも、専業主婦だった祖母にとっての家というのは、そこにいる相手の面倒を見なきゃならない職場のような空間でもあったのだろう。私の記憶の中の祖母はいつも、テキパキと台所で動いていた。けれども家から離れ、物を手放すことで、祖母は専業主婦という職業からもいよいよ引退することが叶い、それも嬉しかったらしい。そんな祖母が部屋を眺めていた私に「そこにお茶あるから、好きに飲んで」とお茶道具のある場所を指してくれたので、私は二人ぶんのお茶を淹れたのだった。

「おばあちゃん、この時計、気に入って使ってんねん」と私が件《くだん》の腕時計を見せると、祖母は間髪容《い》れずに「それ、安モンやで」と返してきた。聞けば、腕時計を忘れて出かけてしまったとき、露天で間に合わせに買った最安値のもので、大した思い入れはないらしい。

「なんや、もっとエエ話聞けると思ってたのに……」とがっかりしつつも、昔から変わらない祖母のハッキリした物言いは健在であることに嬉しくなった。

やっぱり祖母は、自分の大切なものをきちんと選別して、終の棲家に引っ越してきたのだ。つまり祖母の選別には漏れたものを、私が喜んで回収したらしい。なにはともあれ、私がそれを主体的に選んだという事実は変わらない。

ふつうの暮らしと、確かにそこにある私の違和感

秋の夜長。裏の庭でリリ、リリリと鳴いている虫たちの声は心地よく、裁縫をする手が進む。裁縫と言ってもくたびれたパジャマのウエストを繕う程度のことではあるのだけれど、そうした細々とした作業は、考え事をしながらやるのにちょうどいい。

『広告』という雑誌の編集部から、文化的な生活について書いて欲しいと頼まれたので、その原稿をどう進めていこうか、というのが目下の考え事であった。

文化、と言われてしまうと立派なものを書かねばと少し気張ってしまうのだけれど、執筆陣のお名前を拝見しているとアカデミックな文化論が多数寄せられることが予想できたし、であれば私のような野良の物書きはもっとふつうの暮らしのこと……それはつまり、目の前にあるくたびれたパジャマや、家事の合間に眺めているInstagramのことを書くのでもいいかもしれないな、だなんて考える。

私的な空間を公に晒すことになった私たち

言うまでもなくここ十数年で、これまでそれぞれの家の中に秘められていた暮らしの断片はＳＮＳ、とくにInstagramに溢れ出して、ネット空間には「暮らし系」という巨大な惑星ができ上がっている（で、私もその一味である）。もちろん、そうやって表に出ている暮らしの断片は、大なり小なり見栄や虚構が挟まっていて、そうした惑星の在り方が冷笑されることも多々ある。けれども、そうした否定的な空気が一部であったとしても、四季折々の暮らしの断片は今日も各々の家庭から発信され続けている。

しかしなんでまた、暮らしの内側……というもっとも私的な空間を、これほどまでに多くの人が公に晒すことになったのか。承認欲求、と言ってしまえばそれまでではあるけれど、それだけで片付けたくはないのだよな。

もっとも、私のごく個人的な感覚を言えば、暮らしにまつわることは、ほかの出来事にくらべていくらか公言しやすいところがある。それは実家を出た23歳の頃から同じ感覚で、「今日は〇〇ちゃんと遊びました」という投稿は少し憚られても、「夕食は〇〇をつくりました」というのは投稿できたのである。

だって、スマホの向こうにいるさまざまな相手に対して、「遊んでるんじゃなくて、家事なんです！」という大義がギリギリ成立しないだろうか。家事というのは好きであろうとなかろうとやらなきゃ毎日が進まないのだし、どうしてもやらなきゃならないことを、どうせなら機嫌よくやっていることは、なんにも後ろめたいことではない。そういう点では「ただ、好きだから」というシンプルな理由で没頭する数多の趣味とは少々性格が異なる。

もちろん、合理性の高さで各々の営みを競わせるのであれば、ていねいな暮らしなんてものはひどく脆い。手の込んだ自炊よりも安価な外食のほうが安くて速いし、古いパジャマを繕うよりも新品をネットで買うほうが効率は良い。そうして生まれた空き時間を仕事に費やせば、家計だって潤うだろう。

しかし合理性云々を取っ払ったとしても、さらにはSNSに公開しなかったとしても、暮らしをおざなりにすることは、なぜか妙に後ろめたいのだ。令和を生きる私の中にはどうにも、ちゃんとした家事すらできない私は人間失格……いや、女失格である、というような昭和的価値観が色濃く存在しているようで、家事をサボると「そんなんアカン！」という否定の声が自分の深いところから湧いてくるのである。

家庭で学ぶ暮らし、職場で学ぶ仕事

「あんた、女学校では、そないしてたらアカンで！」

幼稚園から帰ってきてすぐソファで怠けようとする私を見て、一緒に暮らしていた父方の祖母は度々そう咎《とが》めてきた。大阪北摂にあった私の実家では当時、祖母、その息子である父と叔父、嫁に来た母、私の姉ふたり、そして私……の総勢7人が暮らしていたのだけれど、平日の午後はよく祖母と私のふたりで過ごしていた（猫もいたけど）。姉たちは部活や習い事に忙しく、母は末娘の私が幼稚園にあがったのをきっかけに薬局勤務を再開したこともあり、私はしばしば教育熱心な祖母のもとで日本語の読み書きを教わったり、家事についての躾を受けたりしていたのだ。

「こんなホコリをためたらアカン、女学校では……」「米粒は無駄にしたらアカン、戦時中は……」という説教を前に、5歳の私は心の中で「私が行くんは女学校ちゃう、小学校や」と思いつつも、とりあえず祖母の話を聞いていた。そんな祖母もいまは100歳目前、すっかり穏やかになり昔のように説教してくることはなくなった。認知症が進んだために本人との会話は成立しづらくなってしまったのだけれど、当時の祖母があれほどまでに教育熱心だった理由が、大塚英志《えいじ》による『「暮し」のファシズム』を読んでいると少しずつ理解できるようだった。

和歌山の港町で育った祖母が女学校に通っていたのは、日中戦争から太平洋戦争真っ最中の昭和初期。大政翼賛会宣伝部によって醸成された時代の空気が国全体に覆いかぶさっていた頃でもある。

1940年に発足した第二次近衛内閣が開始した新体制運動の下では、戦争に赴く男たちに向けられた「おねがひです。隊長殿、あの旗を射たせて下さいッ！」というようなわかりやすいプロパガンダ広告とは別に、生活や街の自治を担う女たちに向けられたプロパガンダがあったのだと大塚氏は同書で説明している。

女たちの間に「ものを無駄にせず暮らしましょう」とか、「工夫して日々を楽しみましょう」といった言葉が浸透していく中で、日本初の女性ジャーナリストであり、自由学園や婦人之友社の創立者でもある羽仁《はに》もと子は特に目立った存在だったらしい。彼女は多くの服を持たない「一張羅主義」を主張し、それがいかに楽しく、心地よく、そして社会にとって意義ある立派なことであるかを饒舌《じょうぜつ》に、そして前向きに訴えていた。

交際も生活も簡素になつたし、第一に貯蓄の義務が果せることによつて第二に無駄な心の重荷から解き放されることによつて、どんなに皆の心がすがすがしくなるでせう、さうして更にそのすがすがしい心持の中から、自ら人と人との親しみが湧き出して来るものです。

（『家庭生活新体制叢書』第９集）

これは１９４１年に開催された羽仁もと子の講演での言葉なのだけれども、私が子どもの頃によく耳にした祖母の教えともよく似ている。ちなみに戦後姿を消していった「男文字」のプロパガンダとは違い、「女文字」のプロパガンダは生活に繊細に入り込んだことによっていまも肯定され続けていると大塚氏は指摘している。

確かに、祖母は戦争の恐ろしさも何度でも伝えてきてくれた。自分たちの頭の上を米軍の飛行機が行き交う日々の恐怖を私に伝えながら、いまはいい時代になった、とも喜んでいた。けれども同時に、こと暮らしに関しては「戦時中はこんなん、許されへんかった」というスタンスを頑なに崩さなかったし、そうした話をするときの祖母にはどこか、誇り高さが垣間見えたのである。

戦争そのものがもたらした悲劇は繰り返してはならないと誓いながらも、それによって醸成された生活側の教訓は、女学生、妻、そして母として生きてきた祖母の背骨になっていたのかもしれない。実際祖母は、模範的な女学生として度々表彰されていたという話だし。

ただ自分が生んだ子どもは男の子しかいなかったので、そうした模範を仕込む相手ではなかったようだけれど、孫の代にしてようやく、ひとりの女児を教育する機会が巡ってきた。そうして昭和天皇が崩御《ほうぎょ》される少し前に生まれた私は、学校ではゆとり教育を受けながらも、家庭では昭和初期的な価値観で生活を学ぶという、時空を超えたカリキュラムで育てられることになったのだ。

しかしそんな孫も20代になり、実家を出てフルタイムで働くようになると、今度は祖母が「あんた、外で働いてるんか!? エラいなぁ」と新鮮な驚きを見せてくるようになった。祖母も女学校卒業後はしばらく和歌山の東亜燃料で働いていたらしいけれど、いわゆるお嫁に行くまでの腰掛け事務職で、就業年数としても、勤務時間数としてもそう長くは働いていなかったそうだ。私は大学卒業後に働かないという選択肢はありえなかったし、無論周囲からも「働いてるの!?」と驚かれたことはない。これは2世代上では醸成されていなかった空気なのだから、個性なんてもんは時代という籠の中で成り立っているのだな……とも思わされる。

そんな会社員の折、私は「深夜に自炊写真をＳＮＳに投稿する」という日課をほぼ欠かさずに実行していた。なんとか終電に乗って小田急線豪徳寺駅まで帰ってきたら、24時間営業の１００円ローソンで安くなった野菜や肉を買って、狭いキッチンで調理し、＃ひとりだけど　というハッシュタグとともに公開する深夜2時……。

いま見返すと「大丈夫？」と心配になるのだけれど、それすら守れなければ最後、自分が地盤からぼろぼろと崩れてしまうような感じがしたのだよな。だから短い睡眠時間を削ってでも、自炊をすることだけは守りたかった。でもそれは、仕事のロールモデルは専業主婦のパートナーに支えられながら働く30代の男性上司で、生活のロールモデルは家事を完璧にこなすことが女の役割だと考えていた60歳上の祖母である……というチグハグな環境から生まれたバグだったのだろう。右にある仕事の車輪と、左にある生活の車輪で時代がずれていたならば、まっすぐ進むのはむずかしい。

もっともどんな家庭においても、生活を伝授する側とされる側には、短くとも十数年、もしくはそれ以上の開きがある。日進月歩で変化していく仕事側のスピードに対して、生活側の変化がちっとも追いついてきてくれない……というのは、各々が生活において1世代、もしくは2世代前の価値観を手本としているのだから当然のことだ。

どれだけ企業が、政党が、大学が、そこに女性の要職を増やしたとて、生活の側が変化していないのであれば、右と左の車輪はずれたまま走ることになり、より大きな不具合が生じてしまう。世の中に会社経営や仕事効率化を学べるセミナーは数多あれど、効率的で男女均等な家庭運営を学べるセミナーは滅多と見ない。もちろんInstagramで＃時短家事と検索すれば無数の具体的なメソッドは出てくるけれど、それを検索する必要があるのは誰なのかという役割分担は、各々の家庭であらかた決まっている訳で……。

ゼロ・ウェイスト活動と羽仁もと子

さて、そうこうしているうちに、パジャマの修繕がひとつ仕上がり、もう1本に手をかけようとしたら、そちらにはしかるべきゴム通し穴がない。致し方なく布に鋏《はさみ》を入れ穴を開けてみると、ゴムが生地にしっかり縫いつけられていて、これはなかなか厄介である。

このパジャマはアメリカで暮らしていた頃に買ったもので、どうやら日本で売っているそれとは仕様が違う。「あっちでは、家で修繕しながら長いこと着る、みたいな文化がないんやろうか……」なんて思ったりしたけれど、サンプル数が1なのでそれを論じるには至らない。ウエストそのものを細く詰めて、なんとか誤魔化すことに成功した。次は、ズボンの裾上げに取り掛かる。

そういえばニューヨークで暮らしていた頃に一度、生活にまつわるセミナーに近いものに参加したのを思い出した。もっともそれは、「効率的で男女均等な家庭運営」といったものではなく、来たるべき資源の枯渇に向けて現代人がすべきこと、といった方向のものではあったのだけれど。

その会はローレン・シンガーという1991年生まれの社会起業家が主催していたもので、彼女は「ゼロ・ウェイスト」のアクティビストとしても有名だった。ゴミを出さない都会暮らし、ゴミを出さないファッションの楽しみ方、ゴミを出さない海外旅行、そしてゴミを出さない性生活に至るまで、彼女は日常のありとあらゆるシーンでのゼロ・ウェイストを、「シンプルで、お金がかからず、セクシーなもの！」と、ポジティブに訴えていた。

私はアメリカ的な文化には大なり小なりの違和感を覚えてどうにも馴染めなかったのだけれど、彼女のライフスタイルには親近感を懐《いだ》き、その発信を見て日曜日の朝、公園に設置されたコンポストに生ゴミを捨てに行ったりもした。しかし、節約や代替をポジティブに、そして誇り高く訴えかける……というのは、先に紹介した羽仁もと子のスタンスとどこか重なるところがある。

ローレン・シンガーの演説に妙な親近感を覚えたのは、それが戦時中の日本の価値観

――つまり私の祖母が伝えてきたものに類似しているからなのか？　と思うと、少しばかり背中が冷えた。もしいまが１９４０年代であれば、私は率先して一張羅主義を徹底し、お国のためという大義名分を背負って、婦人会の中でも意識の高い存在となり、隣組の様子を厳しく監視していたかもしれない。もちろん、地球の環境問題と戦争とでは、問題の性質は大きく異なるのだけれど。

もっとも、ローレンが大衆的な人気を集めていたのは、彼女の節約や代替の手段が洒落ていたから、という点も大きい。彼女のキッチンやランドリールームには使い捨てのプラスチック容器は見当たらず、ガラス瓶の中に量り売りの調味料や洗剤が美しく収まる。パーティーに参加するとなれば、古着屋で見つけたというオールドファッションな古着をリメイクしてお洒落に着飾る。あるもので工夫しながら暮らす、というライフスタイルにはそうした個々人の美意識が反映されることが多く、そのような意味でも私は惹かれていたのだろう。

調整をしてボタンを押すだけの家事労働

一方で、現代の家事の効率を向上させる三種の神器……といえば食洗機、お掃除ロボット、洗濯機とは別で設置するガス衣類乾燥機の三点ではないかと思うけれど、美しさという側面で見ればケチのつけようがありすぎる。それは家電そのもののデザインというよりも、それらを取り入れるにあたって変化する家の中全体の話である。ルンバの動きやすいフローリング、食洗機・電子レンジ対応の食器、乾燥機にかけても縮まない服……そうしたものばかりを増やしていては、暮らしの中にあったはずの味わいは、どんどん痩せ細っていってしまう。さらに、麻は縮みやすいから低めの温度で洗いましょうとか、汚れた畳は固く絞った雑巾で拭いてから乾拭きしましょうといったような、素材に対する理解も手放してしまうことになる。それは日常の、ものを見る解像度、ひいては審美眼が下がっているということに繋がりやしないだろうか？

そんな極端な、と思われるかもしれないけれど、たとえば「自動翻訳にかける前提の日本語」を書く場合には、主語や目的語を明確にして、日本語本来のぼんやりとした趣は極力排除するだろう。それと通じるものを、「食洗機と電子レンジOKの皿」に感じてしまうのだ。全体的につるりとしていて、丈夫で、個体差が少ない。これでは、道具や素材を愛でる喜びを伴っていた家事労働が、「調整をしてボタンを押すだけ」といった実に味気ない作業になってしまう。仕事と同じ速度で生活側の車輪を回そうとすれば、こうした現実にぶつかってしまうのが悩ましい。

……だなんてぶつくさ考えながら、先程から使っている針山に目をやる。ウニの殻に綿が詰め込まれた、なんとも美しい針山だ。

これは結城伸子さんという方がつくっているもので、ズボンの裾上げという単調な作業も、この針山があればいくらか喜びを伴う営みになる。その隣にある鋏も、なかなか素敵なもんである。鹿児島の梅木本種子鋏《たねばさみ》製作所にて、鋼と地鉄を重ね合わせてつくられた鋏だ。紙を切るたびに、手先には心地よい快感が走る。水にはめっぽう弱いので、少し気を使うけれど……と脳内の思考をいったん現実に戻してきたところで、窓の外では雨が降っていたことに気づく。虫たちの声が止んでいる。

文化という雨傘の中で

美しくあることとは、社会が前に進もう……とするタイミングで、度々取りこぼされてしまう。けれども、美しくあることの価値を信じる者たちは、そうした際に運動を起こす。まず思い浮かぶのが、1880年代のイギリス産業革命の最中にウィリアム・モリス（の後継者ら）が提唱したアーツ・アンド・クラフツ運動だ。彼らは粗悪な大量生産品が出回った産業革命の頃に、職人の手仕事が生み出した美しい工芸品に熱い思いを寄せた。

文明が、労働者をあんなにも痩せこけた、哀れな存在に貶めてしまったために、労働者にはいま耐え忍んでいる生活しか見えず、それより少しでもましな生活への欲望をどう醸成するかが、わからないということだ。

だからこそ、芸術は、生きるにふさわしい豊かな生活の真の理想を彼らに指し示し、芸術の本分をまっとうすべきなのだ。美を感じ、創造すること、つまり本当の喜びを堪能することが、日々のパンと同じように必要だと感じられる人間の暮らし――誰も、どういう集団も、単に反対だということで、これを奪われてはならない。そして、そんな反対意見には徹底的に抵抗すべきだ。

（ウィリアム・モリス著、城下真知子訳『素朴で平等な社会のために』）

それからしばらくあと、近代化が進む日本でも柳宗悦らによる民藝活動が盛んになった（柳はモリスの思想には強い共感を抱きながらも、その装飾的な意匠には否定的だったようだけれど）。そうした活動はいま、私と同世代の人たちの間でも大変な人気であり、私もいろいろと書物を読み漁っているところでもある。ただそこには、興味があるから知りたい……という純粋な知的好奇心のほかに、そうした過去の文化の下に潜り込むことで、どこか安心できる、といった側面があるように感じる。というのも、私の暮らしにまつわる価値観は、言ってしまえば古臭いのだ。合理性と女性の社会進出が叫ばれるいまの世の中で、さっさと前の時代に置いていくべきものも多くあるのかもしれない。けれども、どうにも心の奥底にこびりついているのだから、おいそれと簡単に脱ぎ捨てることもむずかしい。

でもだからこそ、ひとつの文化として既に評価されている民藝などに興味を持つことで、雨風をいっとき凌ぐことができて、そのことに安心するのかもしれない。「家事をすることで家族を支えたい」と私の言葉で話すことには、少しばかりの抵抗があるからこそ、私は文化と呼ばれるものに埋もれているのだろう——。

パジャマ2本の修繕とズボンの裾上げが終わり、ついでに夫のズボンにも針を通す。べつに頼まれた訳でもないのだけれど、尻のあたりが破れかけているのにはき続けている姿を見るに見かねてしまい、これもやっておこうか……とお節介を焼いてしまう。そうして修繕をしたついでに毛玉を取り、ブラッシングもしてやると、それはまるでまっさらなズボンのように見違えた。

これを私が自発的にやっているのか、過去の教育やこれまで積み上げてきた常識が私に「やらせている」のかは、正直自分でもよくわからない。けれどもこうした時間を家の中で過ごしている――実に無駄で非合理的な瞬間が――私の心に深い安心をもたらしてくれる、というのは紛れもない事実だ。

どうやら雨が止んでいたようで、また虫の声が聞こえてくる。心地よいその音に耳を傾けつつ、修繕したばかりのパジャマに着替えて寝る支度に入る。くたびれていたウエストも、しっかり腰に馴染んで気持ちがいい。結論めいたことは何も言えないけれど、ここにある複雑な気持ちと、確かに存在する幸せな感情とを、両方書き残しておきたい。

III　身体を生きる

香りのない世界

他者の目で、身体で、この世界を生きることができたなら、それは一体どんな風になるのだろう……という小規模な、けれども当然無理筋な妄想を、幼い頃からなんとなく抱いていた。

私が見ている青と、あなたが見ている青は違う。私が感じている苦味と、あなたが感じている苦味もきっと異なる。目、舌、耳、鼻、肌……各所に敷き詰められた私たちの感覚は、みんな少しずつ違う訳で、でもその差異を知ることはむずかしい。

命って不便なもので、私たちは生まれ持った身体から離れられない。物語の世界では主人公二人の中身が入れ替わるのはありふれた話だけれど、あれがもし本当に起こってしまったならば、まずは感じている世界の差異に驚き、しばらくは他者の身体という容れ物にひどく酔ってしまうんだろう。いや、そんな地味なことをやっていたら物語が前に進まないのだけど。

しかしいま現在、私は少しばかり他人の感覚の中で生きている。この夏、私は来日した友人を連れて日本各地を巡った。日頃は家から必要なとき以外は出ない生活を送っているのに、他人に触発されるとここまで活動的になれるのだなぁ……としみじみ振り返っていたそばから新型コロナに罹患し、2週間寝込んでいるのがいまである。そして罹患してすぐ、鼻が利かなくなってしまった。とはいえ嗅覚が完全に失われた訳ではなく、本来のそれを100とすると1か2か、といった程度だ。アロマオイルを鼻孔に密着させると僅かに香るな……？ という感じ。

そうすると、まず食べる喜びが激減してしまった。幸い味覚は残っていたものの、その多くは鼻に抜けていく香りありきで成り立っていたらしく、味がひどく平坦なものになった。納豆はネバネバとした豆に、ガパオライスは旨味のない辛いだけのそぼろ飯に成り下がり、まぁつまらんのである。

そこでいろいろと対処法を調べ、耳鼻科で処方してもらった漢方と、亜鉛などのサプリを欠かさず摂取。さらに毎日何度も香りの強いものを強制的に嗅いで感覚を刺激する……というプチリハビリを経て、いまは10くらいまで回復しつつある。そして願わくば、レベル30くらいで止まってくれても良いのかもしれない……と思い始めているところだ。

というのも、私はもともとヒトよりもイヌに近いのではないか？　と疑いたくなる程嗅覚が過敏で、家族が誰も気にしないような僅かな臭いでも耐え難く、毎日が悪臭との戦いだった。シーツやタオルの奥に僅かに生息している細菌や、エアコンから漂う微かなカビの臭い。それらを根こそぎ滅ぼすために布類をコインランドリーのガス乾燥機で乾かしたり、エアコン丸洗いキットを買って大掃除したり……。

もちろん、香りの残る柔軟剤やヘアワックスを愛用している人と同じ部屋で過ごすのは辛かったし、香水、さらには煙草なんてもってのほか。喫煙者がいる空間からは一目散に退散するのだけれど、どうしても衣類は煙草の臭いを持ち帰るため、帰宅後うんざりしながら洗濯機を高温設定にして回すのだった。そんな嗅覚過敏っぷりは行動にも影響を与えてしまう訳で、行ける店も少なくなるし、洗濯しやすい服しか選ばなくなるし、付き合う人も限られてしまう。

そんな自分の嗅覚が、劇的に低下した。平均値がどれくらいかはわからないけど、いまは「普通の人よりもそこそこ悪い」程度だろうか。私は嗅覚においてのみ、他人になることが叶ったのである。そして、匂わない世界のあまりのストレスの少なさに驚いた。

十中八九臭かったエアコンはどこも無臭になり、人の体臭も気にならなくなり、ゴミの処理をするのも楽になった。さらに、喫煙者がいる空間から帰ってきた夫もほぼ無臭。これまでは「リビングを通らないで風呂に直行！　服は洗濯機！」と鬼教官の如く指示を出していたというのに。

一方で、いままで使っていた石鹸やシャンプー、洗剤の類があまりにも物足りなくなってきた。これまで感じていたさわやかな香りが急になくなったので、使っている感が得られなくなってしまったのだ。そこで人生で初めて、香りのある柔軟剤やボディソープの役割を理解した。試しに使っていなかった貰い物の香水をシュッとひと吹きしてみたところ、まろやかなお花の香りに包まれて、すっかり気分が良くなり驚いた。これまで自分が不快だと距離を置いていたものが、他者にとってはこんなにも芳しく、気分が良いものだったなんて！　知らなかったし、知る術もなかった。

今回のそれは嗅覚だったけれど、これはきっと、視覚にも、聴覚にも、味覚にも当てはまる。明るい場所が好きな人、大きな音が心地よい人、苦い味を感じる人と感じない人……これまでは「なんでそんなに？」と思っていた他者の嗜好への違和感が、少し理解できたような、雪解けしたような気持ちになった。

自分の価値基準というものはどうしようもなく、自分の五感に根ざしすぎているのだなぁ。だって今の私にとって、世界はつまらないほどに無臭なのである。だからといって、いまから香りのする柔軟剤に切り替えるのも考えものだ。いずれ私の嗅覚もまた元通りになるかもしれないし、そうでなくとも、その香りで気分が悪くなってしまう人がいることを知っているのだし。

ケミカルな香りが人によってはいかに暴力的か、というのは「香害」という言葉で当事者たちから活発な情報発信が行われてはいるけれど、非当事者たちからすれば、感じられないものは感じられない。情報として知ることはできても、同じ感覚を共有することはできないのが、こうした問題の難しいところなのだろう。

夏になると、イヌを花火大会に連れて行ってはいけないというアナウンスをよく見る。イヌにとっては、花火の音は爆音すぎて命に関わるそうだ。動物や昆虫や魚や鳥……そうした他種にとって感じている世界が異なるというのはまぁ、想像できる。ただ同じ種類のヒト同士でも、私たちは想像以上に、異なる感覚に包まれて生きているのかもしれない。

これまで「五感を拡張することこそが贅沢」というのが私の持論であった。既に価値のある高いものを金銭的に消費するのではなく、味覚や嗅覚をより研ぎ澄まして自分の内側を豊かな状態にしていくことが、これからの贅沢なのだと。しかし私は、この持論に少しアップデートを加えなきゃならないようだ。

というのも今朝、夫が淹れていたコーヒーを少しもらったところ、それがあまりにも芳しくて驚いたのである。これまでは酸味の強さ故にあまり受け付けられなかったのに、人生で初めてコーヒーを美味しく飲めてしまった。それと近しい理由で遠ざけていた赤ワインや、西洋のチーズなんかも、いまであれば楽しめるのかもしれない。これまで、嗅覚が過敏であるほうが味わえる世界が広いものだとばかり思っていたのに、別の方向にもまた豊かな世界が広がっていることに驚いたのだ。これまで素通りしていたスペシャリティコーヒーの店に今度入ってみようか……と好奇心が湧いてくる。一方で、大好きだった煎茶や玉露を淹れてみても、その繊細な旨味や甘味がちっとも感じられず、この点は残念でならない。つまりヨーロッパ旅行に行くのであれば、いまこそが好機！　と思ってみたものの、未だに治まらないコロナの諸症状を抱えて美食ツアーに行くのは現実的ではない。私のそれはごく軽症ではあるけれど、コロナは風邪よりもずっとしんどい。

ただ、「まったく意味がわからん！」と諦めていた人たちのことが、おかげで少し理解できた。私は嗅覚において他人になれたのだ。憎いばかりの疫病ではあるけれど、その中で見つけた「他者の感覚でこの世界を生きる」という疑似体験を、私は思いの外楽しんでいるのだった。

弱った心にてきめんに効く、欲しかった言葉

「これは本当のところ、ただ私が怠けているだけなんじゃないか？」

という気持ちにずっと苛《さいな》まれている。先々週のコロナ罹患からもう3週間近くが経とうとしているのに、未だにずっと調子が悪い。嗅覚は2割方戻ってきたけれど、ダラダラと微熱は残り、寝ても寝ても眠いのだ。これは第二次性徴期以来の眠さ。いまも大あくびしながら、眠ろうとする頭を叱咤しつつこれを書いている。熱を測ると37度5分。うーん、四六時中寝込むほどではないけれど、活動するにはややしんどい。コロナの道連れにした夫はすぐに復活して、すっかり絶好調で働いているのに……。

今回に限らず、私は生きているうちの大部分において、いつだってどこか具合が悪い。子宮内膜症由来の腹痛、片頭痛、鼻炎、上咽頭炎、目眩《めまい》、冷え性、熱中症、その他諸々……。これら一つひとつはありふれたもので、別に病人ですと言うほどの立場ではない。

二年に一度は欠かさず受診している健康診断でも、大病が見つかる訳でもない。ただ、ずっと低空飛行が続いているのだ。

子どもの頃からよく学校を休み、体育を休み、保健室に通い……「ちょっと具合が悪くて」というカードを使い続けてきて、そんな自分が情けなかった。サボってるんじゃないか、怠けてるんじゃないか、根性が足りてないんじゃないか……と。そんなとき、医療関係者に欲しかった言葉をかけてもらえると、とてつもなく安心してしまうのだ。

「わ、血圧低いねぇ。これじゃ、頭動かすのもしんどいんじゃない?」

先日訪れた病院で、看護師さんにそう言ってもらえて、あぁやっぱり、このしんどさには理由があるよね……と思えて少し救われる気持ちになった。

「これじゃあ痛いよ。よく今まで我慢してましたね」

数年前に婦人科で、エコーを見ながらそう言ってくれるお医者さんの言葉に目が潤んだ。

「なんかしんどい」に、確かな理由がもらえると安心するのだ。理由がわかったところで、身体がすぐ元気になる訳じゃあないのだけれど。わからないものの正体がわかり、自分の身体と心に向けていた焦りや苛立ちといった感情が、労《いたわ》りに変わる。他者にも説明がしやすくなる。もちろん薬や治療を求めて病院に行き、その後の対策や治療を相談していくのがメインではあるのだけれど、そこで得て一番救われるものは案外、しんどさを肯定してくれるような、欲しかった言葉なのである。でもこれ、少し危ういよね……という自覚もある。

話は変わる。これはいまから8、9年ほど前の話になるのだけれど、当時「なんでそんなにいつもびびってんの?」と、うんざりした調子で問われるその言葉に対して、その頃の私は適当な答えを持ち合わせていなかった。

特急がホームを通過するのがおっかない。暴力シーンがあるドラマや映画を観られない。ライブハウスの爆音や、煙草の臭いが耐えられない――。日常には刺激が溢れていて、私はそれらに遭遇すると過剰に驚いたり、目を覆ったり耳を塞いだりしてしまう。そして決まって、「なんでそんなにびびってんの?」と呆れられていたのである。というか、自分でも呆れていた。涼しい顔をしてその場を通過したいのに、ギャッ、とかヒッ、とか言ってしまう自分にうんざりしていた。

なぜこうも過剰に反応してしまうのだろうかと、「大きな音　敏感」「暴力シーン　観られない人」などで検索してみたら、Highly Sensitive Person（繊細すぎる感覚を持つ人）という特性をあらわすHSPという文字が出てきた。これを検索した当時はまだあまり普及していなかった言葉だけれども、そこに書いてある説明を見て、「ここまで的確に言い表してくれる言葉があったのか！」と神にでも救われたような思いがした。これまで抱き続けてきた生きづらさが、そこで確かに労られている。欲しかった言葉が並んでいたそのサイトを、私は忘れないように保存した。

仕事の関係で試写会に誘われ、なんの予告もなしに暴力や殺人などが相次ぐ短編映画が3本流されたときも、HSPという3文字が役立った。主催者に対して「私には怖くて嫌だった」と言うよりも、「こういう特性の人が一定数いるのだから、できれば配慮して欲しかったです」とリンクを添えて伝えたほうがよほど理解が得られやすいだろう。

これまでは「びびり」「かまってちゃん」「メンタル豆腐やな」といった類の言葉で揶揄《からか》われてきたけれど、この苦痛を説明する言葉がようやく手に入ったのだ。概念はこれほどまでに生きるのを楽にしてくれるのかと、それを提唱したアーロン博士という人に感謝した。

その後、２０１８年7月に『「繊細さん」の本』が出版され、60万部を超えるベストセラーを記録した。それを皮切りに、日本のさまざまなマスメディアでＨＳＰの特集が組まれ、YouTubeなどにも自分ごととしてＨＳＰを語るチャンネルが急増。ちょうどその頃、実家の近所にあるミスドで飲茶を嗜《たしな》んでいたら、隣に座っていた50代くらいの女性客ふたりが「繊細さんって本あるやんか？」という会話をしていた。言葉は普及し、生きやすさは日本全土に拡大していた。

時を同じくして、リラックスした状態を表すChillという言葉が日本語圏でトレンドになり、「ご自愛」ブームも到来。社会全体が、自分を労ってあげることの必要性を認め始め、そうした広告や商品は雨後の筍のように増え始めた。

そんな中、私はＨＳＰという言葉を獲得する前とはまた異なる生きづらさを抱き始めていた。というのも、ＨＳＰだと自認することによって、自分の性格がますますそれらしくなってしまったのだった。人一倍繊細だと自認してからというもの、これまで耐えられた刺激すら受け入れ難くなってしまったのだ。ポップミュージックのビート音が耐えられず、ニュース記事のタイトルを見ることも辛くなり、家族が観ているドラマの音すら聞きたくない。私が生きづらさを感じる領域は、日増しに拡大を続けた。そうすると、「生きやすさ・生きづらさ」を巡る周囲との攻防が始まってしまうのである。嗅覚の件とも似たところがあるけれど、感じている世界が異なる他人に「理解して欲しい」と伝え続けることは――その伝え方や頻度によっては、双方共に消耗してしまう要因にもなる。

そしてもう一つの危うさは、ＨＳＰを自認している人をターゲットにした、エセ科学や陰謀論の世界が蔓延していることである。ＨＳＰという言葉はいままさに、セミナービジネスや新興宗教に勧誘しやすい人を探すキーワードとして重宝されているらしい。たとえば、ＨＳＰ交流会などはカルト団体やマルチ商法の勧誘の場になっていることがあると、発達心理学者の飯村周平氏は『ＨＳＰブームの功罪を問う』の中で指摘する。

さらに、ＨＳＰと検索して出てくる人気書籍がカルト団体から出版されていたり、ＨＳＰの第一人者だとマスメディアで紹介されている医師がカルト団体関係者であったり……ということもあるそうだ。「その医師が講師を務めるＨＳＰ講座では、胎内記憶やテレパシー、霊視などはＨＳＰと関連すると説明されており、完全にスピリチュアルの世界の話です。言うまでもなく、これは学術的な研究に基づかない説明です」。飯村氏はＨＳＰブームがもたらした功罪を紹介する中で、こうした側面に関して警鐘を鳴らす。

生きづらさを感じて、なんとかそれでも社会の一員として頑張っていこうと藻掻《もが》き、その先で見つけたＨＳＰ情報サイトで無料カウンセリングを受ける。しかしそれがそのままカルトに直結している……というのはなんとも恐ろしい、でもいかにもありそうな話だ。

「欲しい言葉」の向こう側には、手ぐすねを引いて待っている組織が存在することもある。優しい言葉の主には、警戒しすぎるくらいがちょうどいいのかもしれないな。

それでも、身体や心が不快だと感じている状態をきちんと認めてやることは、なにも悪いことじゃないだろう。とはいえここ最近は、私の心はめっぽう強くなり安定飛行をしている。だから当面の課題は低空飛行を続けている身体。「欲しい言葉」を求めるあまりに罠に引っ掛からないように注意しながら、自分を強く持って、心身を上手に扱っていきたいものである。

三十余年、遅刻魔をやってきた訳ですが

ここまで、やれ嗅覚過敏だ、繊細だと自分のことをあたかも迷惑を被っている側の人間であるかのように書いてきたけれど、そうした私が迷惑をかけ続けてきた面について隠しておくのも決まりが悪い。ということで今回は私の愚行についても明らかにし、ここに再発防止策を提示しておきたい次第です。

お恥ずかしいことに、私は筋金入りの遅刻魔であった。

服を着るにも朝ごはんを食べるにもモタモタしがちで、幼稚園の頃からしょっちゅう集団登園の集合時間に間に合わず、5人分の朝ごはんをつくり終えた母がヒィヒィ言いながらチャリをこいで末娘の私を園まで運ぶのは日常茶飯事。小学校でも、中学校でも、高校でも遅刻癖はなおらず、大学のときは必修だった1限体育の単位を遅刻ゆえに1回生で落とし、2回生でも落とし、3、4回生でも落とし、最終的には5回生でなんとかギリギリ

取得、無事卒業した（いや留年してるやないかという話はさて置き）。

こんな私でも社会の一員となれば常識が身につくのだろう……と高を括っていたのだが、入社3ヶ月目あたりから雲行きが怪しくなり、3年目には遅刻ワースト1位として全社員の前で発表されるに至った。大学は通学に2時間弱かかる上にバスが30分に1本しか来なかったとか、会社員時代は毎日夜中25時まで働いていてとにかく眠かったとか、言い訳はあれこれ出てくるのだけれど、同じ条件でも無遅刻無欠席の人は存在した。つまり私が悪いのだ。

その後、29歳からニューヨークとの二拠点生活を開始して、事態はさらに悪化した。時差14時間離れた日本とのオンラインミーティングをすることも多かったので、朝の4時や深夜25時に光るモニターの前にカメラオンで座る。そこで眠そうにしている私を見た人が「時差ボケですか？」と聞いてくれたのだけれど、もはや一体なにボケなのか。起きたときに窓の外が薄暗いと、それが早朝なのか、夕方なのかもすぐ判断がつかないほどに体内時計は狂いまくっていた。そして何度も、昼の予定に寝坊した。

そもそも、なぜ遅刻するのか。愚かなことにこういう人間は自分の「最短最速」を常に信じているのだ。

忘れ物はせず、信号は全て青。コンビニでは1分で買い物が済み、電車は時間通りに来て、乗り換えもスムーズ。短距離走選手よろしく100メートルを数秒で駆け抜け、エレベーターのボタンを押せばすぐドアが開き目的階まで一直線……という「最短最速だと23分でいけた」みたいな成功体験だけを都合よく覚えているので、10時出社であれば9時37分に家を出る。その場合、9時20分までスヌーズを無視しながら爆睡している。

実際はもちろん、スマホを忘れ、赤信号で止まり、コンビニのレジまでは長蛇の列で、電車は遅延、エレベーターはすぐ来ないし、来たと思えば各階に停まる。あと、私の足はめちゃくちゃ遅い。

無論周囲に迷惑を掛けるので、申し訳なくなるわ、社会的信頼を失うわで、自己嫌悪をやり尽くす。もうこれはどうしようもなく欠陥人間ですわ、世間との関わりを断って生きていきますわ……と諦め、できる限り遅刻しようがない生活を目指すことにした。組織と働くと迷惑をかけるので、さまざまな仕事を手放し、ひとり文章を書いてそれをネットで売る……という小規模個人商店に落ち着いたのである。

さて、そんな身でありながら、私は件の勤勉な男と結婚した訳である。

夫が毎朝、英語学習や勉強、掃除などのルーティンをこなしているというのは前述の通りだけれど、ルーティンが整っている人間というのは時間にも遅れない。仕事の様子を覗いてみると、〆切の3日前にはおおよそ提出が終わっている。さらにプレゼンをするときは、与えられた時間内に喋り終えられるように時間を計って練習をしているではないか。もっとも、彼は大学勤務の研究者で私は野良の物書きなので、職業の性質も性格も異なるのだけれど……それでも、登壇2分前までスライドの準備をしている私は、彼の常識から逸脱していることはよくわかった。

私たちは互いに、30を超えてから付き合い始めた。若い頃から波乱ばかりの日々を過ごしてきた私がようやく「健やかで平和な生活」の真価に気づき、穏やかで勤勉な男に惹かれたのだ。同時に、付き合い始めた頃から「子どもを望むのであれば急がなければ……」という焦りが私にはあった。けれども彼は、少し慎重に考えたいと言う。聞けば、子どもが欲しくないのではない。狂った体内時計しか持たず、それ故に度々トラブルを発生させている人間の私生活を目の当たりにして、共に命を育んでいけるのだろうかと不安になってしまったそうで……それはホントに、おっしゃる通りですとしか言いようがない。

正直私はこれまで、最も苦手なこと——それは身体を使う全てのこと——から極力逃げてきた。小学生の頃から学校の友人と走り回って遊ぶよりも、インターネット上の友人と文章や絵を見せあって遊ぶほうを選んできた。球技大会は毎年仮病で休んできたし、運動が苦手な人がたくさん集まる芸術大学に進学したときは心から安堵した。逃げることは、多くの場合は役に立ったのである。しかし、人間を世に送り出すのに必要なのは女の身体そのものだ。これはまずい。そこで私は前古未曾有の危機感を抱き、いよいよ自分の生活を徹底的に見直すことにした。

私の最大の間違いは、自分の最短最速を信じていることだった。そうすると「予定時刻の10分前までは大丈夫」といった謎の安心感が生まれ、ギリギリまで寝ているか、他のことをしているかで結局遅れる。一方、夫の生活を観察してみると遅くとも出発2時間前には起きている。そして朝から優先度の高いタスクをこなし、その後余った時間で掃除をしたり、スマホをチェックしたり……そうしているうちに出発時間になり、じゃあ行ってくるね！　と出かけるので遅刻しようがないのだった。「はは~なるほどね！」と感心して早速真似しようとしたところ、まず朝起きられないことに気がついた。なんでかって、寝るのが遅い。

夜と朝は連綿と繋がっており、なんと1時間はやく寝れば1時間長く寝られるのである（衝撃の発見）。はやく寝よう、それしかない。ただ私のようにあれやこれやと考える必要がある仕事の場合、疲れているのに頭がシュンシュンしてしまって布団に入っても3時間は眠れない……という夜も多々。睡眠に必須なのは身体的な疲労ということで、夕食を済ませたら食器を片付け、ジムで15分ほど汗を流すことにした。そして風呂に入り、アイマスクをして入眠態勢に入る。落ち着く音楽をかけたり、難しすぎる本を眺めて頭を強制終了したり……。とにかくまずは、入眠に本気で取り組んだ。そして上手に眠れた翌朝の爽やかなこと！　こりゃルーティンも始められますわ。

次に、掃除が番狂わせの主犯格になっていることに気がついた。家事が好きだと言えば聞こえはいいが、私は仕事そっちのけで冷蔵庫の中を一掃し、シンクの水垢を落とし、排水溝のぬめりを取り……と、気づけば3時間経過している、なんてことが多すぎたのだ。そこで掃除は、毎日決まって15分。15分間の陽気なプレイリストをつくってそれを流しながら掃除をし、音楽終了と共に強制終了。もちろん残った箇所は気になってしまうのだけれど、それは本当に予定のない日にとっておく。かつ、仕事机に座ったとき、リビングやキッチンが目に入らないように視界を遮断しておくことも大切だった。散らかった部屋が視界に入ると、ついついそれを片付けましょうか、と心の中の〝こんまり〟が稼働してしまいますので……。

こうしてルールを見直していったところ、自律神経が整ってきたのか身体はやや健康になり、なにより夜寝て朝起きられるようになったので、寝坊して大慌てで家を出ることもなくなった。予定よりも10分早く到着すると相手と対等に、余裕を持って会話できるようになることにも驚いた。これまではトークイベントなどでも「すみませんっ……遅れて……あっもう始まりますよね、すみませんすみません……」と開始3分前に到着し、声が上ずり、自虐に走ってしまうことが多かったのだ……。

喋る仕事は、文章と違って校閲ができないから嫌で仕方なかったのだけれど、後から校閲するのではなく、話す前の過ごし方こそが大切らしい。前古未曾有の危機感を抱いてルールを見直したところ、健康が増進され、遅刻癖がなおり、喋る仕事がすこし好きになるという嬉しいオマケまでついてきた。進研ゼミの漫画かな。

以上、まっとうな読者様におかれましては、箸にも棒にもかからないような話で実に無意味な読書時間を過ごさせてしまったことでしょう。ただ自分自身の甘ったれた戯言《たわごと》を封印すべく、ここに書き残しておきたかったのです。自分ほど信頼できない相手はおりませんので。

「子ども、つくらないの？」という問いへの長めの答え

「14個採卵しましたが、凍結に至った数は0です」

その言葉を聞いて、目頭がじわりと温かくなるのを感じた。ゼロ。つまり、あの引き裂かれるような痛みも、日々の忍耐も、次に進む成果には繋がらなかったらしい。ゼロの内訳についての説明は淡々と終わり、その先のお会計で4万2820円と表示されたのでカードで支払い、「今月のトータルで高額療養費制度を使えるかな……」と思いながら病院を出た。

今年の夏は嘘みたいに暑い。先週ここに来たときは、採卵後の激痛で歩くこともままならずタクシーで帰ったけれど、この日はできる限り日陰を探して駅まで歩いた。繁華街は夏休みの家族連れで溢れている。「この子たち、ここまで細胞分裂を繰り返したなんてすごいな」と考えながらぼんやり歩く。前回は車内で身体を労りつつ、大きな痛みに耐えた自分への誇らしさと、「14個も採卵できた！」という高揚感があったのだけど。

ここ1年弱、ずっと「すみません、体調が悪くて……」「執筆が追いつかず……」と騙し騙し書いていたけれど、その原因の多くは不妊治療にあった。不調を伝える私に「病院に行きました?」と言ってくださる方もいたけれど、むしろ通院しているからこそ不調であったために、なんともしようがない、というのが正直なところだった。

20代の頃から子宮内膜症、子宮筋腫などがあり、「私は子どもを持つことは叶わないのかもしれないな」とうっすらと思っていた。もちろんそうした持病は特別珍しいものでもない。それらを持ちながらも妊娠している人はたくさんいるし、若けりゃ若いほどその可能性が上がることも知っていた。ただ20代半ばの私は駆け出しのウェブライターで、流れの速いインターネットの世界から離脱することなんて微塵《みじん》も考えられなかった。

20代後半で結婚した頃には、ずっと子宮内膜症の治療で低用量ピルを服用していたから、妊活を始めるにはまずその服用を止めなきゃいけなかった。ただその頃は、不安定な経済状況や慣れない米国での生活環境下で、新しい命を迎え入れる覚悟を持てなかったために、私はピルを服用し続けた。

その後離婚し、帰国。職歴と呼べるようなものもそれなりに積み上がり、30代半ばには落ち着いて仕事ができる程度の余裕は出てきた。そして昨年から新たなパートナーとの暮らしが始まり、将来の、つまり子どもの話をすることが増えた。それは「子どもが欲しいねぇ」といったようなものではなく、「私と子どもを持つことを考えてくれているならば、すぐ妊娠できるとは限らないし、高額なお金がかかるかもしれないし、時間的余裕もなくて……」という自己申告的なものから始まったのだけれど。

ただ、2022年4月から不妊治療が保険適用になっていた、というのは私たちにとって大きな吉報だった。これまで自費で高度不妊治療をしていた友人たちからは「トータルで500万以上使ったよ」「採卵だけで100万円、でもそれが全部ダメになって……」というような話を聞いていたので、それに取り組むにはあまりにも経済的なハードルが高かった。

が、そこが3割負担になるのであれば、欲が出る。望み薄だった子どもを持つことが途端に現実味を帯びてきて、何度もパートナーと話し合い、上限回数を決めて挑戦することにした。ただ、出産することを唯一無二のゴールにしてしまうと心が持って行かれかねないから、もし結果が伴わなくても「でも、挑戦したからね」と言えるようにしよう、と話し合った。

しかし、不妊治療というのは情報戦である……と、しばらくその界隈をうろうろしてから痛感しているのがいま現在だ。

私は長年、子宮内膜症や子宮筋腫の診察と低用量ピル処方のために婦人科に通っていたので、子どもを望むタイミングでかかりつけ医に相談すれば適切なアドバイスをしてもらえるだろう、と気楽に考えていた。

けれども婦人科にはさまざまな種類があり、一般的な外来を受け付けているところと、高度不妊治療に特化しているところでは、設備や診療内容、そして持っている情報がまるで違う（産院を併設しているところ、総合病院の中にあるところでもまた違う）。

私は一般的なレディースクリニックのかかりつけ医に、まずは服薬での治療、そして自然な妊娠を推奨されていた。数ヶ月に渡る服薬期間中は汗が止まらず、少し動いただけで目眩がした。髪の毛は水分を失いバサバサになり、ホルモンバランスの乱れは気持ちを落ち込ませ、真冬だというのに身体が熱く寝苦しい夜が続いた。「でも、これも未来に繋がる治療の一環……」と苦しい3ヶ月をなんとか耐え、いよいよ主治医からも「では、妊活に移りましょう！」と言ってもらえた。しかし、しばらく経っても自然な妊娠は起こらない。

ネットでいろいろと調べてみたところ、他の医院ではやっている不妊検査が、私のかかりつけ医院では実施されていないことを知り、セカンドオピニオンを求めて別のクリニックに行ってみることにした。そこで人生屈指の痛みを伴う卵管の検査を経て、左右共に卵管閉塞であることがわかったのである（ちなみに卵管閉塞があると検査に痛みを伴うことが多いらしく、その中でも私はかなり痛みを感じやすい体質のようだった。SNSを見ると痛くなかったという人も多いので、その程度はかなり個人差があるようだ）。

卵管閉塞という文字通り、卵子と精子の落ち合う場所である卵管が通行止めになっている。つまり、どれだけ基礎体温を真面目に測り、排卵検査薬を使ってタイミングを見計らったとて、妊娠する可能性は限りなくゼロに近かった。

副作用でバサバサに傷んだ髪を無意識的に触りながら、「私はこれまでの間、一体何を……」と呆然としつつ、残された可能性について先生に相談した。両方の卵管が詰まっている場合は、次のステップであるタイミング法ではなく、その次に待っている人工授精でもなく、最終手段の体外受精に直行するしかないと言われた。ざっくり言えば、膣から採卵針を刺して卵胞液とともに卵子を吸引し、取り出した卵子と精子を受精させ、それを子宮に戻す高度不妊治療である。しかし、その医院でも体外受精まではやっていないとのこと。「クリニックごとに個性が違いますから、ご自身で調べてみてください」と、宛名のない紹介状を渡された。

人気どころの高度不妊治療クリニックは、半年先まで予約が埋まっていた。ただ、前回の医院で渡された「年々、とくに35歳からは受胎能力が下がってきます！」という資料が気持ちを焦らせる。貴重な、数に限りある卵子が毎月流れていく中で、ここからさらに半年待つ……というのは避けたい。

そこでまずは、比較的人気ながらも予約が取りやすかった大手の高度不妊治療クリニックに行ってみた。ただ、高級ホテルのようにゴージャスな待合室で渡された資料の中には、科学的だとは思えない言葉がチラホラ……。そして高額なサプリを宣伝するチラシの多いこと。夫に相談し「ここはちょっと、やめておこう」と再検討。そして評判はそこそこながらも怪しさはない、近くのクリニックに決めたのだった。

説明を受け、何枚もの承諾書にサインをし、なによりも先に精液検査、それから風疹などの検査を済ませていく。そしていざ採卵周期が始まってからは、まるでベルトコンベアの上に乗ったように感じた。基本的には一度の周期で一つしか排卵されない卵子。でも今回は、毎晩の自己注射などで卵巣を刺激し、複数個の卵子を育てていく。「次はこの薬を飲んで」「次はこの日に来て」と促されるがまま、与えられたタスクをこなしていった。「自分に注射を打つなんて！」と恐れていた自己注射は、すぐに慣れた（私が使っていたのはゴナールエフ皮下注ペン®という針の細いペンタイプのものでそこまで痛くなかった）。

病院での採血も、まぁ慣れた。しかし何よりも大変なのがスケジュール調整。「次は3日後に来てくださいね！」と容赦なく通院予定が組まれていくので、仕事との両立はなかなか難しい上に、平日であれかなり待つ。待合室でパソコンを広げて仕事をしている女性は少なくなかった。また、卵を育てている間はできるだけお腹を締め付けないように、走らないように……と言われていたので、採卵まで大切に、身体のコンディションを整えていった。次第に下腹部が腫れていき、座るとズキンと痛みが走った。

そうして迎えた採卵当日。ＳＮＳでは「チクッとする程度」と書いていた人が多数だったので、そこまで気負わず手術着に着替え、順番を待った。手術台の上に乗り、手足が拘束され、「わぁ、まな板の上の私……」とか思っているうちに激痛が走り、叫んだ。

エコーの先につけられた針が膨らんだ卵胞を刺す度に、股からは血がどくどく流れ、額からは脂汗が吹き出していく。看護師さんが何度も脈や酸素濃度を測っている。私は痛い、痛いです!!　と伝えるが、「痛くてもやめる訳にはいかないからね～」と先生は採卵を続ける。どうやら私は卵巣過剰刺激症候群というものになっていたらしく（それで座るとズキンと痛かったのだ）、とくに右の卵巣に耐え難い激痛が走り続けた。

その医院でもらった冊子には、「保険適用の場合は局所麻酔で採卵」と書いてあった。しかし、その局所麻酔とやらが効いている感覚は微塵もない。刺される度に悶絶し、終了後は看護師さんに担架で運ばれ、その後数時間簡易的なベッドで休ませてもらった。

けれども採卵を担当したおじいちゃん先生が、「頑張ったぶん、たくさん採れたよ！」と言ってくれて、安堵した。採れた卵子は14個、あぁよくやった……！　と気持ちが軽くなったのが先週の話だ。


状態の良い卵子が複数採れて、無事受精卵になり、それをいくつか胚凍結できるのであれば、移植のチャンスも増えてくる。いや、うまくいけば第二子のぶんも残せるかもしれないし、その場合早めに卒乳しなきゃいけないよな……だなんて未来の心配をしていたけれど、それはひとまず杞憂に終わった。14個採れた卵子は全滅。

成果に結びつく痛みと、成果に結びつかない痛みでは、それに対する感情がまるで違ってくる。報告を担当してくれた培養士の方に原因を問うても、「私が担当した訳ではありませんので……」という返事。しかし今回は全てふりかけ法、つまり卵子に精子をふりかける自然に近い形で受精を試みていたので、自力で受精するだけの力がなかったのかもしれない。ただ次の手として、培養士が顕微鏡を使って受精させる顕微授精がある。「次は顕微授精に進みましょうか。またアプリから予約を取ってくださいね」という言葉に生返事をしつつ、帰宅後次回の予約を取らなきゃな……とスマホを手にしたけれど、あの痛みをまた経験すると思うとどうしても尻込みしてしまった。

気持ちをどこかに吐き出したかったこともあり、Instagram の鍵付きアカウントで、今の状況を投稿してみた。するとたちまち、「この病院は、保険適用で静脈麻酔してくれたで！」「ここは採卵の針が細くて痛みがマシだよ」「東京都の不妊検査の助成制度使った？」と、友人たちから情報が送られてくる。えっ、あの子も、この子も？　みんな不妊治療してたん⁉　と、かなり多くの同志がいることに驚いた。でも、ほとんどの人がそんなことを微塵も感じさせずに、普通に仕事をしたり、生活をしながら、水面下でそれを粛々と遂行していたのだ。

こうした話を、表に出さない理由はいくらでもある。単純に夫婦の問題だから……というのもあるし、互いの家族に気を使わせてしまう、もしくは嫌味を言われてしまう、というのもあるだろう。「不妊治療中であることを伝えてしまうと、仕事が減ってしまうから伝えられない」という声もある。

しかし生活が通院中心になってしまうので、仕事を辞めざるを得ない、もしくは不妊治療を諦めざるを得ないという人もいるのが現状だ。

不妊治療にせよ、自然な妊活にせよ、「近い将来子どもを持つかもしれない」と宣言している女の前に、「それでも構いません！」と差し出される好機が、現状どれほどあるのだろうか。20代の頃の自分はその正義を疑うこともなかった女性の社会進出という文字列。その7文字を実現することの本当の難しさについて身をもって知っている最中、まもなく私は35歳になる。

もちろんこの文章を書いているいまも、こんな話を公開していいのだろうか？　という葛藤はかなりある。まず、こうした治療に税金を使わせてもらうことに対して、さまざまな意見があることは知っている。そして現代医療に頼った高度不妊治療という行為自体に抵抗感を抱く人もいる。さらには、「だから女性は若いほうがいい」という意見も、もちろんある。「女性が社会進出してしまった結果こうなった」と、現在の社会構造を批判する声もあるし、「そこまでして子どもを持ちたいのはエゴ」という意見だってある。今の私は、そうした全ての意見に反論する元気は持ち合わせていないし、中には反論することすら難しい意見もあるのだけれど……。

それに加えて、私のジェンダーロールに対する価値観が、不妊治療を始めてから大きく揺らいでいる現状がある。私は基本的に「デートでは男性に奢《おご》って欲しい」とか、「自分より所得が高くあって欲しい」という感覚をほぼ持ち合わせておらず、かつては「私が稼ぐから、あなたは好きなことに没頭して才能を磨いてくれ！」と思っていた程である。

ただ、ここまで身体を傷つけて痛みを負い、通院に時間を割きながら、大黒柱として金を稼ぎ続ける……というのは難易度が高い。その一方で、夫はこの期間中もしっかり働き、出張にも行き、仕事の成果を上げている。そうした彼の姿を寝室から眺めつつ「私が倒れていても、稼いでいてくれる人がおるんやな……」と、頼もしく思うのだ。いや、羨ましさがないと言えば嘘にはなるけれど。ただうちの家計はダブルインカムを前提にやり繰りしているので、稼ぎ手が完全に1人となると、そもそもの家族計画を見直す必要は出てきてしまう。

幸い私の仕事は散文書きで、体調が悪くても、手の中のスマホでなんとか文章を綴れないこともない。ただ一般的に、働く女性が不妊治療に通うことの難易度の高さは想像に難くない。産休や育休のような制度もまだ整っていない上に、それが何年かかるかもわからないのだし。それでも治療によって金はどんどん減っていくばかりなのだから、稼がなきゃならない。結婚祝いや出産祝いのような御祝儀が発生する場面でもない。若年層の所得が減り、税金や物価が上がっていく中で、「稼ぎ頭1人を支えながら家族みんなで生きていく」という従来の家族観は、まるでお伽噺《とぎばなし》のように感じてしまう。

と、ひたすらに憂鬱風味な文章になってしまったのだけれど、気持ちは常に前を向いている。こうした話になると「若い頃にああしておけば……」というたらればが増えてしまいがちだけれど、それでも20代の頃に無茶な働き方をしていなければ、独立していなければ、アメリカに行っていなければ、いまの仕事は得られなかった。強いて言えば、中学生の頃からピルを飲んで生理を抑えておけば、子宮内膜症もそれほど酷くならなかったかも……ということは少し悔やまれるけれど。まぁでもそれは、いまさら無理な話だ。

ただ、これからの選択にはできる限り後悔を減らしたい。そのために、情報は大いに役に立つ。私の書いていることはひとつのレビュー程度ではあるのだけれど、とはいえひとつのレビューに気付かされることだってあるかもしれない。もっとも、私のように大きな痛みを感じることなく、一度目で着床に成功したという友人も複数いる。これから治療を検討している方には、これはあくまでも痛みをかなり感じやすい個人の体験記である、ということはお伝えしておきたい。

こうした不妊治療にまつわる体験記は、自分が晴れて妊娠、出産できた暁に書くことにしようかな、と思っていた。しかし、そのゴールが訪れるかはわからない。終わりが来るかもわからない治療に時間と気持ちを割きつつ、毎月複数本のエッセイを書いて発信するキャパシティがなく、時期尚早かもしれないけど、抱えきれずに書いてしまった。

でも、十数年後。古くなったこの本を家の本棚から見つけて、「オカン、こんなことしてたんか」と思いながら読んでいる子がいるかもしれない……ということを想像すると、あまり後ろ向きなことばかり綴るのも考えものだ。いや、それは存在しない未来かもしれないけれど。この先がどんな未来であれ受け入れる心を持ちつつ、ケセラセラで生きていきたいものですね。

不妊治療、予定の組めない移植周期

2023年8月、不妊治療の体験記をインターネット上に公開した。そこでは激痛に耐えながら14個の採卵に成功するも、その全てが受精失敗……というところで話が終わっていたのだけれど、幸いなことにいまはそこから少し進んだところにいる。

どうやら、私が経験した14個もの採卵を局所麻酔で行うという行為はかなり患者側の負担が重かったらしく、多くの人から「それは痛かったでしょう」「え、そんな病院あるの?」というような驚きの声が届いた。また、他の婦人科医にその話をすると、「静脈麻酔を打ったほうが、医者としてもやりやすいんですけどねぇ。痛いと暴れてしまうでしょう」と言われて、確かに暴れたな、とあの日痛さのあまり自制心を失っていた我が身を振り返った。

寄せていただいた声を読んでいると、保険適用内でも静脈麻酔で採卵をしてくれるクリニックは多数あったらしい。あぁ、クリニック側が無理と言うのであれば無理なものだと思いこんでいた数ヶ月前の私に伝えてやりたい……と激しく、それはもう激しく後悔した。もちろん局所・静脈麻酔共に長所や短所、向き不向きがあるようだけれど、あの拷問級の痛みにもう一度挑む勇気が出ないし、今度は静脈麻酔を打ってくれることを条件の一つにしつつ、転院先を探した。そして家から小一時間ほどの距離にある新しいクリニックに決めたのが9月。妊活を始めたいと最初の医師に相談してから、見学含めて既に5院のクリニックを転々としていた。

とはいえ、前回とやることは概《おおむ》ね一緒だ。まずは中容量ピルを飲んで生理周期を調整し、採卵前は毎晩の自己注射などで卵を育て、頻繁に通院を繰り返す。採卵周期は、とにかくこまめに通院、採血、通院、採血。しかし新しい主治医は、これまでの資料などを参考にしつつ処方薬や採卵方法をA案、B案と提示しながら進めてくれるので、今回はベルトコンベアというよりも、オーダーメイドのお店でなにかを仕立てていくような感覚でもあった。

しかし採卵が予定されているあたりの週。研究職の夫は学会や出張の多いシーズンで、あらゆるパターンを想定したスケジュール調整が必要だった。採卵日はその2、3日前にならないと決まらないのだけれど、いざXデーが決まったら、新鮮な精子を持ってその日の朝イチでクリニックに行かなきゃいけない。野良の物書きである私の予定はいかようにでも動かせたのだけれど、夫が運営する学会の日程を動かすことは当然できない。幸い海外出張はなかったので、朝検体を出してから新幹線に乗れば大阪での学会にギリ間に合うよね「この日が採卵になっても、朝検体を出してから新幹線に乗れば」「この日は夜の会合を諦めて帰ってくれば……」といつ採卵日が来ても滞りなく進められるように、二人で備えた。ただこれ、我々の職業が逆だったらなかなか厳しいものがあるよな……と、世の女性たちの前に立ちはだかるハードルの高さにやるせない気持ちにもなった。

そうこうしている間に、人生二度目の採卵日がやってきた。幸い夫は家から出勤するだけの日だったので大きな問題もなく、朝から検体を持ってクリニックに行き、手術着に着替えて順番を待った。診察番号を呼ばれたら手術台に移動し、名前と生年月日を伝えて、点滴で麻酔が入り……というところでサ――――ッと意識は消え、夢すらもない無の中へ。静脈麻酔の意識の消え方は、死ぬ時のそれに似ているらしいと嘘かホンマかわからんような話をどこかで見たが、とにかくそれは無であった。

何分なのか何時間なのかも判断がつかない無の中で「……終わりましたよ～」という声が聞こえた。「え?・」と思いながら目を開くと、光が眩しい。言われるがままに手術台を降りてカーテンで仕切られた簡易ベッドに戻り、私服に着替えて、待合室に戻る。ボケーと待っていると診察番号を呼ばれ、主治医から「36個採卵できました！」と言われて目が覚めた。た、大漁旗を振り回したくなる程の大豊作やないか！　脳内でソーラン節が鳴り響いた。

しかしどれだけの豊作であれ、それが受精できなければ振り出しに戻る。前回が全滅だったので期待しないでおこう……と思っていたけれど、採卵から1週間後。クリニックに行くと、6個の胚盤胞が凍結に至ったと報告を受けた。「本当に？　すごい、ありがとうございます！」と興奮しながら、大いなる前進に安堵した。

それにしても、ここまで顕著に差が出るとは。前回は激痛、今回はほぼ無痛。前回は胚盤胞が0、今回は6。驚いたのは、今回あらたに挑んだ顕微授精だけではなく、前回全滅したふりかけ法でも、しっかり胚盤胞ができていたこと。あまりの差に衝撃を受けていた私に、「後医は名医、という言葉がありますから」と主治医は言った。後から診る医者ほど、これまでの情報があるので良い施術がしやすいという意味らしい。もっとも、以前通っていたクリニックも妊娠率は低くなかったので、相性もあるのだろう。ただ私はこの主治医のもとに辿り着けて良かった……と、何度もお礼を述べて診療室を後にした。

クリニックは、現代的なオフィスビルの8階にある。このビルの中の冷凍庫で、私たちの胚盤胞が凍結され出番を待っているのだ。これまではただの治療場所だと捉えていた無機質なビルが、途端に託児所のように思えてきた。黒光りする建物を仰ぎ見ながら、ここにある卵をいつか迎えに来るのだと、親心なのか何なのかわからない気持ちが芽生えた。

そして、次のフェーズは移植だ。移植周期は、採卵周期ほどは通院数も多くないし、自己注射なども打たなくていい。しかし今度は、仕事のスケジュール調整がより難しくなってくる。移植をするというのは即ち、そのしばらく後には妊婦になっている可能性があるからだ。

先に着床が成功していた不妊治療仲間の友人からは、胚盤胞移植から20日後ほど、つまり妊娠5週目あたりから、悪阻《つわり》がひどくてなにもできない……という声を聞いていた。もちろん人によって悪阻には大きな差があるけど、私がピンピンして妊娠初期を過ごしている、というのもあまり想像できない。もしうまく着床できれば、来月は吐き続けているのかも？　と思うと、責任のある仕事は引き受けづらくなる。人によっては、胚盤胞をしばらくそのまま凍結しておき、仕事が落ち着いたタイミングを狙って移植するという人もいる。でも私は子宮内膜症や子宮筋腫を持っているので、はやくしないとそれらが育ってしまうリスクもある。移植を先延ばしにし続ける訳にもいかない。

善は急げということで、私の1回目の移植日は12月10日に決まった。移植そのものは局所麻酔すらなく、驚くほどにすんなり終了。帰宅後も普通に過ごすことができた。いや普通に……というか、その日はかなり根を詰めて執筆を進めた。というのも文藝春秋の担当編集さんから、春に新刊を出しましょうと執筆スケジュールを伝えられていたので、そのためには12月、かなり集中して原稿を進めていかなきゃ間に合わない。もし20日後から悪阻が始まってしまうのであれば、いまのうちにできる限り書き進めておかなければ、と焦っていたのだ。

次の日も、その翌日も、机にへばりついて原稿を書きながら、時折「こんなに無茶してることが身体に悪かったらどないしよ……」という不安がよぎった。同時に「いや、この原稿が入稿できて印税が入ったら出産費用も安心や」という気持ちもあり、「ほな頑張らなあかんな！」と気張るのであった。

そして移植から5日程経った頃、身体に異変が現れた。電車に乗るだけでひどく酔ってしまい、さらに吹き出物や口内炎が多発して、気持ちも落ち着かない。これはもしかして……と焦る気持ちを抑えきれず妊娠検査薬でフライング検査をしたのだけれど、結果は陰性。6日目も陰性。7日目も、体調が悪いにもかかわらず陰性。「これは酒と生牡蠣を控えてるいまの状況がストレスなだけか？」とモヤモヤした気持ちを抱えていたら、8日目にしてうっすらと陽性の線が見えた。まさか！　しかし、その線はあまりにも薄い。素人目には……というか市販のキットでは、これが何を意味しているのか最終的な判断はつかない。

そして移植から10日目。いよいよ結果発表の日がやって来た。クリニックでまずは採血し、待合室のソファに座る。この種類の緊張は、大学の合格発表以来かも……と思い出しながら、診察番号が呼ばれるのを待った。そして最初の2ケタが呼ばれただけで立ち上がり、診察室に向かった。

しかし、いつも陽気な主治医が残念そうにしていたので、結果は聞かずともわかった。陰性だった。主治医は私を励ましながら、今回の考えうる全ての原因と、次回に向けた改善点について、計画を立ててくれた。

診察室を出て、ふりかけ法、つまり自力で胚盤胞まで育ってくれた極小さな命に、心の中で黙禱した。正直ほんの少し期待していたために、喪失感はあった。が、保険適用で移植ができるチャンスはあと5回残されている。まだまだ私たちの不妊治療は序盤じゃないか……と気を取り直しつつ、「今夜は牡蠣！」と夫に連絡を入れた。私の大好物は新鮮な海の幸、とりわけ冬が旬の生牡蠣である。ただ、さすがに妊婦予備軍である以上それを口にすることに躊躇いがあった（過去に何度かあたったことがあるし……）。でも、陰性だった場合は気持ちを晴らすためにも生牡蠣をたらふく食べに行きたいね、と事前に話していたのである。

その日の夜、久しぶりにアルコールを飲み、悲願の生牡蠣を口いっぱいに堪能しながら、これからのスケジュールを夫と相談した。本の入稿が差し迫っているので、来月は移植をお休みして執筆に集中したい。そして2月から移植を再開するのがいいよね、と。翌日、編集さんにもそうしたスケジュールを伝えて、さぁ頑張るぞ！　と仕事に向けて気持ちを切り替えた。

しかしその計画は、翌々日には崩壊した。12月21日の夜中、下腹部に激痛が走り、脂汗が止まらない。鎮痛剤を飲んで時間が経てばなんとか乗り越えられるだろう……としばらく耐えていたのだけれど、窓の外が明るくなっても痛みは治まるどころかどんどん激しくなっていく。「どうする？　救急車呼ぶ？」と心配する夫。いや、どうしよう、そのほうが良いかも……と迷いつつ答える私。その後十数分で救急隊員が来てくれて、腹痛の原因を私に尋ねた。

「心当たりはありますか？」

「2日前に……牡蠣を食べたのですが……」

「じゃあ牡蠣ですね」

「でも、吐き気も下痢もなくて……」

「じゃあ牡蠣じゃないですね」


と、どこかで聞いた漫才のようなやり取りを繰り返しつつ、最寄りの大学病院に運ばれた。そこでも生牡蠣を食べたがノロウィルスではなさそうなこと、12日前に移植をしたこと、子宮内膜症のチョコレート嚢胞があることなどを、くるくると変わる医療者に都度説明しつつ、さまざまな検査を受けた。そして点滴で抗生剤が入り、痛みは徐々に治まっていった。4、5時間ほど簡易ベッドで横になり待っていたら看護師さんがやって来て、「どうしましょう、念のため入院します？」と私に聞いた。しかしこの日は金曜日。入院したら退院できるのは最短でも月曜日になるらしい。そこまで休んでいる訳にもいかないと、夫に支えてもらいタクシーで帰宅した。

その後、何度か大学病院に通院をした結果、おそらく移植が引き金となった骨盤内炎症性疾患でしょうと伝えられた。子宮内膜症、中でも私も持っているチョコレート嚢胞がある場合、採卵や移植でそうした炎症を起こすリスクがあるらしい（医療ミスという訳ではない）。不妊治療、なんてトラップが多いのだ……！

今回の救急搬送騒ぎで、ただでさえギリギリだった入稿スケジュールは崩壊した。「すみません、体調を大きく崩しまして、やっぱり無理かもしれません……」と編集さんに連絡。入稿時期はすこし後ろに倒してもらえたので、やや安堵した。ただそうすると2月が忙しくなるために、移植は3月まで先延ばしにしたほうが安全だ。そうしているうちに、子宮内膜症が育たなければ良いのだけれど……。

これまで、友人関係や家族関係、そして仕事関係でも大小様々な悩みを抱えてきたつもりではあるけれど、相手と話し合ったり、交渉したり、お金を払ったり、別のところに切り替えたり……と、自力で解決できることは多かった。恵まれていたのかもしれないが、私の人生は自らの努力で前に進められるものだと信じていたのである。しかし身体に命を宿すという大仕事においては、その全てが効力を持たない。私がいま抱いているこうした望みは、身分不相応なものなのだろうか……と情けない我が身を憂いた。

けれどもこうした憂いは、高度不妊治療というものがなかったら、そしてそれが保険適用になっていなかったら、抱くことすらなかったのだ。体外受精という道を選ぶことになったとき、医師からは「既に40年以上の歴史がありますから」という言葉をかけられた。現代医療の世界でそれは目新しいことではないから、不安を抱かないでくださいね、といったような意味合いが込められていたのだろう。世界で初めて体外受精での赤ちゃんが誕生したのは1978年7月。生まれたばかりの「試験管ベビー」の存在を報じようと、英国南部の港町ブリストルには世界中のメディアが押し寄せたそうだ。そんな赤ちゃんも2024年のいまは45歳、彼女が自然妊娠で授かったという二人の子どもたちも随分と大きくなっているらしい。

ただ人類の歴史から見れば、45年というのはあまりにも短い。私の親、その親、さらにその親……それを何百、何千と遡った全ての先祖たちは言うまでもなく、自然妊娠で命を繋いできたのだ。そうして受け継いだこの命を、私たちはこれまでと違う方法で次に繋げようとしている。これはあまりにも大きな過渡期に立ち会っているのかもしれない。人類の、生物の長い歴史の中で新しい道がつくられ始めている……というのがまさにいま。混沌とした過渡期の先に、より生きやすい未来が来ることを心より願いながら――ひとまずは来月の移植に向けて、身体と仕事のバランスを整えておきたい。

Ⅳ　他者とのはざまで

スープストックで休ませて

「スープストックが好きな訳は、スープが美味しいというよりもこの空間には小鳥のような女の子しかいないことが安らぎ」

いまから10年前、白胡麻ごはんの横に「東京ボルシチ」と「タイ風グリーンカレースープ」が並んだ写真と共に、こんな文章をInstagramに投稿していた。位置情報はSoup Stock Tokyoアトレ恵比寿店。おかしな文法を推敲することもなく、息を吐くようにこれを書いていた当時の私は上京1年目で、恵比寿のオフィスで残業漬けの日々を送っていた頃である。

そこにいるほとんどが女性のおひとりさま客で、各々が静かにスープをスプーンで掬《すく》っていた（ときどき男性もいたけれど、同じく静かだった）。スープストックには、大きな声で仕事の愚痴をぶちまける人も、部下を叱責する人も、セミナーの勧誘をする人も、電話で会議を始める人も、大学の後輩に就活アドバイスをする人も、大声で下品な話をする人もいなかった。
狭い机と椅子に収まり、スープを掬いそれを口に運ぶおひとりさまの女たち。名前も知らない他者たちとつくり上げている平穏な世界――あの小さな店の中で、自分もその平穏を担う一部であることが心地良かった。そして小さな2杯のスープを最後までたいらげ、また理不尽の多い世界へ戻るのだ。

当時の私の仕事はウェブ制作会社のディレクター。いや、まだ働き始めて1年で、ディレクターとは名ばかりの伝書鳩というか、なんでも雑用屋という感じだったのだけど、とにかく忙しく仕事に勤《いそ》しんでいた。始業は朝10時で、日中はずっと打ち合わせや電話応対、やっと自分の作業ができるのは夜9時以降で、24時半の終電めがけて猛ダッシュ。その後小田急線豪徳寺駅の目の前にあるデニーズで3時ごろまで働く……というような日々だった。故郷を出て、東京で、ＩＴ業界で働くんだ！　と自分が望んだ世界の中にいるということで自尊心を保っていたけれど、絶対的に上の立場であるクライアントや代理店からの要求に従うばかりで、そのせいで社内のデザイナーやエンジニアの先輩に迷惑をかけることもしばしば。常に誰かに謝り続けていた。

一人で打ち合わせに行った帰り、時間に少し余裕がある日には、JR恵比寿駅の東口改札を出て左に曲がったところにあるスープストックに行くことがご褒美だった。とはいえそこでランチをしようとすれば、1000円くらいはかかってしまう。当時の収入は手取り10万円台だったし、その中からアパート（防犯のために一応オートロック）の家賃7・5万円に光熱費や通信費、それから奨学金返済のための1万円……そうやって差し引いていくと、ランチに1000円近く出費するのはかなり厳しい。が、給料日前の夕食をもやし炒めにして帳尻を合わせつつ、自分に贅沢を許した。やさしい内装、朗らかだけれど干渉してこない店員、そして静かにスープを掬う女たち。そこは束の間、日常の圧力から逃げられる止まり木のような場所だった。

会社役員とのランチミーティングは、1000円をゆうに超えるイタリアンなどに行けるありがたい機会だった。見渡すと周囲は女性客ばかり（代官山に近づくと雑誌に出てきそうなママと赤ちゃん連れが増え、白金台に近づくとマダムが増える）。美味しかった店にはまた一人でも行きたいな……とも思ったけれど、昼からブラッドオレンジジュースやワインなどを嗜む方々に囲まれて、「お飲み物は?」「水で」と言うのは少々気が引ける。あと単純に、料理が出てくるまでに時間がかかる。

「時間がないときは立ち食い蕎麦でしょ」と男性上司に教えられ、打ち合わせの行き帰り、駅構内で上司と蕎麦を飲み物のように流し込むこともあった。安い速いそこそこ旨い。が、今度は周囲が男性ばかりで、一人で行くには少々肩身が狭い。

ファストフードはたまに行ったけれど、昼から脂っこいものを食べると眠くなるし、ただでさえ雑に扱っている自分をもっと痛めつけている気がしてしまう。忙しい日はコンビニのパンを咥《くわ》えながら仕事を進めていたけれど、それがずっと続くのはさすがに味気ない。つまり心の静寂を守りながら、身体にも害が少なそうで、それでいて駅前でパパッと食べられる……そんな場所は、スープストック一択だった。

そこから10年が経ち、女子会で賑わうイタリアンであれ、おじさんだらけの立ち食い蕎麦であれ、なんの抵抗もなく一人で入れるようになった。これは歳を重ねて図太くなったから……というのもあるけれど、いまは自分の心をある程度しっかり持つことができているから、他者の会話や視線がこちらになだれ込んで来ても別に構わないのだろう。

10年前はそうではなかった。希望の部署に入れなかったことで、得意だと自負していた類の仕事はなにもできず、ひたすら謝るばかりの毎日。過労と睡眠不足によって身体はボロボロ。その上でこっぴどく叱られたような日には、自分を労ってあげるための場所が必要だった。スープストックは私にとって、唯一無二のサンクチュアリだったのだ。

先日、そんなスープストックが離乳食を無料で始めるというプレスリリースが話題になっていた。記事を見れば、「お客様のライフステージが変わり、ご家族やお子様と一緒にご来店いただく方も増えてきた中、Soup Stock Tokyo としてお子様の成長を一緒に見届けることができればという思い、そしてお父さんやお母さんと一緒に食事の時間を楽しんでいただきたいという思いから、離乳食のご提供をはじめました」と書いてある。それを見て私は「わ、良い取り組み！」と思った。

というのも、あの頃同じようにスープストックに通っていたであろう同世代の多くは親になっていて、みんないつも大きすぎるマザーズバッグ（という呼び名は賛否あるけど）にオムツやおしりふき、離乳食や飲み物……数えきれないほどの必需品を入れて運んでいるのだ。服を着せて靴を履かせて外に連れていくだけで骨が折れるのに、さらにこんな細かな荷物を忘れないようにするだなんて、なんて外出ハードルが高いのだろうかと驚いていたので、こうした動きが広まることはとても喜ばしい。

そもそも少子化が国の深刻な問題になっているのに、不妊治療にも出産にもまだまだ膨大なお金がかかり、さらに保育園も満足に選べない。育児をするにはあまりにも不利なことが多すぎる社会の中で、一つでも面倒な荷物を減らしてくれる優しさが私企業から出てくるのはせめてもの救いだ。さすがスープストック！　だなんて思っていたのだけれど、それはすぐに炎上していた。

いや炎上というよりも、ごく一部の子嫌いの人が糾弾していた……といったほうが近いだろうか。ここに書くのも少々躊躇う内容だけれど、たとえば「子供たくさんいたら嫌だ。どうしても子供優先になるし。しかも離乳食だなんて、泣く年の子じゃん」「乞食根性丸出しの子持ち様がワラワラやってくるんでしょ?」といったおぞましい言葉が並んでいたので絶句した。

わざわざ書くことも馬鹿馬鹿しいけれど、私たち全員が赤子として生まれ、大なり小なり周囲に泣き声を響かせながら育ってきたのだ。そしていまの大人たちはいずれ、子どもたちに支えられる高齢者になっていく。でもその子どもの数は減っている訳で、子育てをしてくれている人たちに感謝こそすれど、子持ち様と罵倒するだなんて。気に入らないのであれば、黙って別の場所に行けばいいだけの話である。

……と思ったところで、10年前の記憶が蓋を開けたように出てきたのだ。「別の場所」なんてあっただろうか？　と。

もし「スープストックが好きな訳は、スープが美味しいというよりもこの空間には小鳥のような女の子しかいないことが安らぎ」と投稿していた頃の私がこのプレスリリースを見たら、「あぁ、私たちの聖地が……」と唯一無二の安息所を奪われたような気持ちになったかもしれない。人は自らの尊厳を傷つけられたときに強い怒りがこみ上げてくるものだけど、あの場所でスープを掬っていたその時間は、あの頃ほんの僅かに残された尊厳だったのだ。

当時は周囲に子どもを持つ人も少なくて、リアルな苦労を見聞きすることもなかった。さらには日本の少子化や、老後の年金問題のことなどちっとも頭になかった。いや、自分の充分な睡眠すら確保できていない中で、子どもだなんて、税金だなんて、考える余裕は持てなかった。そして時折代官山で見かける母子の様子から、彼女らを「幸せそうな別世界の住人」だという偏見で見ていた。その内側が幸せかどうかなんてわからないのに。

存在を脅かしてくる外敵のいない世界で、名前も知らない他者たちと、スープを掬いながら平穏をつくり上げることに安堵していたあの頃。今回の騒ぎを見ながら、ギリギリだった自分が最後まで手放さなかった自尊心があったことを思い返し、胃の奥が少し痛くなった。

〝意識高い系〟おんなともだち

「友達」に関する暗黙の校則というものは、12歳の春に突然設けられるらしい。

中学に入学すれば、女子はプリーツの入った紺色のスカートに、男子はカラーのついた黒い学ランに身を包む。そんなのは当たり前のことで、もちろん頭では知っていた。中学生は制服を着るものだ。けれどもその瞬間から世界が真っ二つに分かれ、暗黙の校則が生活を縛ることになるなんて、当時の私はちっとも知らなかった。

小学校時代は平和なものだった。大小さまざまな問題はあったけれど、運動会や音楽会となれば男女関係なく仲間たちと一所懸命に取り組んだ。運動が大の苦手だった私を見かねた優しい友人は、特別ルールをつくって一緒に球技ができるよう工夫してくれることもあった。一方、演劇や合奏となれば、私は台本を書いたり編曲を担当したりして腕をふるった。勉強だって、わからないところは教え合った。そうした毎日がこれからも続くと思っていたのだけれど、「うち、私立受験するねん」と一番親しくしていた女友達に言われて雲行きが怪しくなった。そして彼女だけではなく、同学年の女友達のほとんどが私立中学や、他学区の中学への進学を控えていたのだ。「あそこの中学はかなり荒れるから」という評判を聞いて、なんとか避けようとした保護者が多かったらしい。卒業式では友人と離れるのが不安でわんわん泣いたが、その不安は想像以上にキツい現実として翌月には現れた。

「あいつ、男子と喋ってんで」

入学式の後、同じ小学校出身の男友達と話していたことで早速私は目をつけられた。黒い学ランの群れの中、紺色のプリーツスカートは目立つのだ。

一、女子は女子同士、男子は男友達同士で輪をつくること。

そんな校則、生徒手帳のどこを探しても書かれちゃいない。でもどうやらそうした暗黙の校則があるようで、従わなけりゃ居場所はなくなる。もちろん、暗黙の校則はそれだけではない。短い靴下はダサいからいじめの対象に選ばれること。でも紺色のハイソックスは上級生の特権で、1年は白いハイソックスをはくこと。眉毛を細く整えていないと馬鹿にされること。音楽の授業でちゃんと歌うと白い目で見られること。でも流行りの歌は歌えるようにしておくこと。そうした暗黙の校則を破ると、やっぱりいじめの対象になるということ。

「この輪郭から出たら、仲間はずれな」

想像もつかない場所に引かれた輪郭線の中で暮らす日々は、息苦しくて恐ろしかった。同じ小学校出身の男子たちは団結して平穏を守っていたけれど、そこに加わることもできない。紺色のプリーツスカートに身を包んだこちら側の子たちはそれぞれが自治警察のような顔をして、出る杭がいないかを監視し合って過ごしている。彼女ら曰く私は真面目で生意気な存在だったらしく、上履きや筆箱は何度でもなくなった。

中学3年の12月。学級崩壊して先生の声が聞き取れない状況に私は我慢の限界を迎え、「自分らうるさいねん、もう黙ってや!」と女の子たち相手に大きな声で怒鳴ってしまい、卒業までの3ヶ月間は自ら招いた地獄を味わった。担任には「アホやなぁ。あと3ヶ月我慢したら良かったのに」と苦言を呈された。

中学時代の失敗をもう繰り返したくなかったので、高校ではこちら側、つまりプリーツスカートの女の子たちの中に居場所を確保することに徹した。ちなみに私が高校に入学したのは２００４年。当時の大阪の公立高校で「いじめられないような立ち位置を獲得する」というのは、大人しく目立たないように過ごすことではない。派手で下品で騒がしい女子高生になるということである。そこで入学してすぐ髪を染め、スカートは床につくほどの長さに着崩して、耳がちぎれるほどのピアスをぶら下げ、アイプチの上から極太アイラインを引いて目を巨大化。授業中には大声で笑い、休み時間はゴリラのように手を叩く。そうした努力が功を奏したのか、高校３年間は無傷で過ごせた。

いや、私は無傷で過ごせたかもしれないけれど、騒音を巻き散らかす側としての心苦しさは常にあった。


そうした思春期を過ごしていたからか、青春ドラマや少女漫画に必ず出てくる主人公の親友という存在は、理解の範疇《はんちゅう》を超えていた。全力でぶつかり、時に喧嘩し、けれどもお互いの頑張りを讃えあうような〝親友〟……そんなのフィクションの中の存在でしょう、と。

そもそも親友とは、一体どうやって成立するのか。距離が近づいたところで「親友になってください！」と告白し、二人で誓いを結ぶのだろうか。そんな大胆なことをして、断られたらどうするのか。いや、もっと自然に「私たち、親友だよね！」と認識し合うものなのか。派手な字体でBest friendsと書かれた友人たちのプリクラを眺めながら、その未知なる定義を前に頭を抱えた。輪郭線を越えちゃいけない……というルールがあるのに、どう一線を越えていくのかがわからない。

そんな私にだって、比較的親しい女友達はいた。とくに吹奏楽部の仲間たちとは切磋琢磨して過ごしたし、二人でプリクラを撮りにいく同級生もいた。けれどもその子には、私よりもずっと深い仲の親友がいる。私はプリクラに「なかよし」と書くのが関の山だった。

そうして騒がしく過ごした高校生活の中でも、3年時の美術の授業中だけは静かに過ごせた。選択制で少人数になっていたので、お喋りをする必要もなく、自分の作品に熱中できる時間が心地よかった。そしてちょっと休憩しようと隣に目を向けたとき、驚いた。黙々と絵を描く男子のスケッチブックには、いまにも踊りださんばかりの躍動的な人々の姿。こんなに魅力的な心像風景を持つ人が同じ学校にいたのに、私は居場所の確保に執着するあまりにその才能に気づかなかったのか……と後悔した。そして静かに生み出されている芸術に寄り添い、それを広めていく道を模索していこうと、京都市立芸術大学の総合芸術学科へ進学したのだった。

しかし大学では、私が高校3年間で培ったゴリラ的話術が悪目立ちした。京都生まれの同級生は、都度大きな声でツッコミを入れる私を見て「わぁ……めっちゃ大阪っぽいなぁ」とはんなり笑う。黙々と制作に集中する同級生が多い中で、座学がメインの学科に在籍していた私はやることもなく行き詰まり、もはやこのコミュニケーションスキルを武器にできないだろうか？　と試行錯誤した末にアート系フリーマガジンを創刊することにした。デザインや写真などは他美大の仲間にも頼りながら、私は企画や取材や執筆を担当。中でも一番得意なのは営業だった。さまざまな営業先に突撃して媒体概要を熱弁して広告を獲得。大人たちは「こんな美大生見たことない！」と面白がってくれたのだけれど、匿名掲示板には「あいつは何も創れないくせに目立ってる」「意識高い系」という言葉が並び、確かにそうかもしれないな……と落ち込んだ。

　そうした「意識高い系大学生」が社会の一員になると、たちまち意識の高さと身分の低さの高低差により無力感に包まれるのが鉄板であり、私も例に洩《も》れなかった。会社では希望していたアート分野の編集者、というポジションに就けなかったこともあり、未知の仕事に四苦八苦しながら謝り続ける日々。残された自分らしさは、スープストックでスープを掬うことくらいだった。

　そんな時期に、私は同志とも呼べる友人に出会った。彼女の名前は田中伶。

当時東京に友達がほとんどいなかった私は、Twitterで「女友達が欲しい……」とつぶやいていたのだけれど、それがきっかけで20代の女性が集まる食事会への参加権を得た。当日になると、シャンデリアの煌《きら》めく恵比寿のレストランに、続々と同世代の女性たちが集まってきて、みんな自分の仕事についてしっかり自分の言葉で語っていた。まだ「これが自分の仕事」と胸を張れるようなものは何もなかった私は、出身地と大学くらいしか言えることがない。でもそれを聞いて「大阪？　私も！」と嬉しそうに声を掛けてくれた子がいて、あぁ助かった！　と安堵したのだった。

けれども最初抱いた親近感は、身の程知らずなものだったと後日知ることになる。彼女は大学在学中に起業し、Eテレの『新世代が解く！ニッポンのジレンマ』に出演したり、BLOGOSで公式ブロガーになっていたりと既に華々しく活動していたのだ。ただ上京したばかりで大阪出身の友達が欲しかったのと、芸術大学出身者という珍しさから興味を持ったらしく、その後私を食事に誘ってくれた。

「めっちゃええやん、頑張ろうや！」

伶ちゃんは、いつだって私にそう言った。彼女は「なんかやりたいことある⁉　教えて！」と私が心の奥にしまい込んでいた夢を聞き出し、それを力いっぱい肯定してくれた。

そして私も鏡のように、彼女の話を全肯定した。

天真爛漫で勇敢な彼女を見ていると、自分はなんて臆病者なのだと思い知らされるばかりだった。伶ちゃんは新規事業を立ち上げながらも、毎朝ブログの更新を欠かさない。よく大失敗にもぶち当たっていたけれど、そんなときはカラオケで大好きな台湾歌手の曲を熱唱して復活しているようだった。趣味も性格も私とは大きく違ったが、だからこそ相性が良かったのだろう。インテリアにからきし興味のない彼女の誕生日が来ると、私は花瓶や皿をプレゼントした。「うちにあるお皿、ほとんどしおたんに貰ったやつ！」と大喜びして使い続けてくれるのだから、こちらも嬉しい。

私たちに共通していたのは、意識だけはお天道様よりも高かったことだろう。自分たちが何者かになるということを信じて疑わず、いつも互いにけしかけ合った。そんな未熟な私たちは、周囲からはもちろん意識高い系だと揶揄《やゆ》されていた。でも、その言葉はもうあまり気にならなかった。慣れない東京で、何が待っているのかもわからない未来に向けて、手をつなぎながら石橋を叩かずに駆けていく相手がいることが本当に嬉しかったのだ。彼女はその途中で石橋が崩れ落ちて会社を畳み、企業に就職。それでもやっぱり、私たちは互いの存在を認め続けた。そして数年間の会社勤務で筋力をつけたあと、彼女も私もそれぞれ独立し、前だけを見てえいや！　と走った。

2016年、伶ちゃんは大好きな台湾を紹介するウェブメディアを立ち上げ、その熱量の高さからたちまち読者を増やした。出産後には子連れでの台湾旅行をテーマにしたガイドブックを出版し、航空会社や旅行代理店と次々にコラボレーション企画を実現。けれどもコロナがやって来て観光ビジネスは絶望的に……と思いきや、自宅で台湾気分を楽しむ『おうち台湾』をすぐさま出版。その後、日本国内の台湾レストランなどをまとめた『おでかけ台湾』まで出していた。どんな状況でも前向きに走り続けていく様は、伶ちゃんらしいとしか言いようがない。そんな彼女のことを意識高い系だと揶揄する人は、もう誰もいなかった。

私は海外に拠点を移し、彼女はその後第二子を出産。もう昔のように頻繁に会うことはできなくなったのだけれど、久しぶりに近況報告をすると変わらず「めっちゃええやん！」と返してくれるのだから、私は彼女がたまらなく好きなのだ。こうした友人を〝親友〟と呼んで良いのかは未だによくわからない。だって、滅多に連絡も取らないのだし、その誓いを結んだ記憶もないし。しいて言うならばシスターフッド、という表現のほうが近いだろうか。流されないよう、挫《くじ》けないよう連帯してきた女友達なのだから。

3月上旬の暖かい春の日。珍しく二人とも東京にいるということで、久しぶりに会う約束をした。この日はちょうど国際女性デー、街はミモザの花で溢れていた。すっかり遅くなってしまった出産祝いも兼ねて、黄色がよく似合う彼女にミモザの花束を買って行こう。9年前に私がプレゼントした、小さな花瓶がまだあるはずだ。

脱・人間中心のアート

ねぇ聞いてよ、から始まる会話はだいたい職場や恋愛にまつわる与太話に終始する訳だけれども、AKI INOMATAのそれは「今回、仕事を頼んでるビーバーがどうにも生真面目なんだよね」という奇想天外な方向に発展する。

私のお茶友達である彼女は、生きものとの共同作業を通して作品をつくる現代美術作家だ。たとえば都市の形を模した巻き貝のようなものを3Dプリンタで制作してヤドカリがそれに引っ越しをするかを観察してみたり、飼い犬の毛と自らの毛髪からそれぞれ服をつくってそれらを交換して互いに纏《まと》ってみたり、インコと共にフランス語のレッスンに通ってインコが「シルブプレ」を習得するまでの長い道のりを映像作品にしてみたり……。彼女は長年そうして、さまざまな生きものとの協業を続けてきた。

2022年の暮れ、私たちは彼女の大きな飛躍を労《ねぎら》いながらうちで鍋をつついていた。

というのも彼女はこの1年、国内外で8つもの展覧会に招聘《しょうへい》され、常に地球のどこかで作品が展示されているという引く手数多の大躍進。2020年に彼女の作品がニューヨークのMoMAに収蔵されたことも飛躍の大きな足がかりになったのだろう。ただ、いまやそんな華々しい実績を持つAKI INOMATAの日常は、「世界で活躍するアーティスト」と聞いて想像するものとは若干、いやかなり乖離があるように思う。

忘年会での話題はもっぱら、生真面目なビーバーにまつわる悩みだった。彼女はこのとき、『彫刻のつくりかた』と題した作品でビーバーたちと共同作業をしている真っ只中。ビーバーは、伸び続ける自らの歯を削るために木を齧《かじ》る習性を持つ。彼女はそうした習性に着目し、複数の動物園や水族館の協力を得てビーバーの飼育エリアに生木を設置。そして齧ってもらったものを彫刻作品として発表したのだ（またビーバーの齧った生木を手本として、人の手と機械で3倍のスケールのものを模刻し、それらをオリジナルと共に並べている）。そうした制作過程において度々、予測不可能な珍事にみまわれていた。

物をつくる仕事の大半には納期がつきものだけれど、ビーバーたちはもちろん発注側の都合では動いてくれない。だからどれだけ新作展示や作品買い取りのオファーが来たとて、ビーバーが歯を削りたいと行動に移さなければ前に進めないのだ。ただ忍耐強く待っていると、ビーバーたちは生木の存在に気づいてそれを齧り始めてくれる。そして大抵の場合、枝が生えていた部分は硬いために齧るのを諦めるらしく、自然とバランスのとれた造形物ができ上がるのだった。それらはまるでブランクーシやイサム・ノグチの彫刻を彷彿させるような造形美を持っていたため、新作『彫刻のつくりかた』は非常に美しい作品に仕上がった。これは、美術家としては大変嬉しい誤算だったことだろう。

ただ問題なのは、受注側のビーバーが生真面目な性格の持ち主だったとき。生真面目なビーバーは硬い部分であれ避けることなく、端からきっちり齧っていくのだそう。それ故に造形的にはつまらない……というか、なんだかみすぼらしい仕上がりになってしまう。私は「生真面目なビーバー」という聞いたこともない言葉の組み合わせに爆笑してしまったが、彼女にとっては死活問題。その成果物を展示するか否か、依頼するビーバーを変更させていただくべきか否か……実に真剣に悩んでいるのである。彼女はいつもそうやって、生きものの行動に右往左往しつつ、飼育員や研究者と共に悩みながら、信じられないほどの回り道を繰り返している。

それでもビーバーたちとの共同作業は、美術作品として着地できたのだから大成功と言えるだろう。協業が難航しまくった結果着地点も見つからず、費やした時間やお金は水の泡……ということも少なくないのだから。そもそも私たちが親しくなったのは、「作品に至らなかったプロセスが膨大にあるから、それをせめて文章として残しておきたい」という彼女の話を聞いて、「その文章の編集、手伝いましょうか?」と持ちかけたのがきっかけだった。

アメリカを代表する現代美術館で作品を発表するという晴れ舞台もあるが、その舞台裏ではヤドカリに気に入ってもらえなかった「やど」の数々を落ち込みつつ回収したり、フランス語のレッスン中に必ず昼寝するインコに悩まされたり、ビーバーがいつまでも生木を齧らないのをずっと待っていたりと、苦労は尽きない。そうしたコントラストの激しい彼女の日々を近くで見ていると、臨床心理学者・臨床心理士の東畑開人さんの『なんでも見つかる夜に、こころだけが見つからない』に書かれていた「スッキリ」と「モヤモヤ」にまつわる話を思い出す。

私たちの身体は、運動して汗をかいたり、お風呂で垢を落としたり、トイレに行ったり……そうした「排泄」をすることによってスッキリする。そして心の医者である東畑さんは「便秘が続くと体調が悪くなるように、心も定期的にスッキリして、老廃物を外に出さないと調子が悪くなる」と書いているのだけれど、これは誰もが経験していることだろう。心の中に積もり積もったものを排出するとスッキリする。AKI INOMATAにとっての最大の「スッキリ」は言わずもがな、試行錯誤の結晶を美術作品として発表することだろう。

いや、彼女の美術作品を排泄物だと言いたい訳ではないのだけれど……。ただ私も、心の中に溜めていた記憶や感情や情報をひとまとまりの文章として世に出せたときには「やっと出せた〜！」と便秘解消時のような清々しい気分に包まれるのだから、あながち間違ってはいないはずだ。

けれども過剰な「スッキリ」は、人の心を痩せ衰えさせてしまうのだと東畑さんは指摘する。そこで対になる行為として登場するのが「モヤモヤ」だ。「モヤモヤ」とは自分の外にいる他者などを、自分の中に溶かしていく行為——言うなれば消化のようなものなのだとか。AKI INOMATA の時間は9割方、この「モヤモヤ」に充てられているんじゃなかろうか。ヤドカリがヤドを住み替えてくれるまでのモヤモヤ、インコがフランス語を習得してくれるまでのモヤモヤ、そして作品として着地できなかった数多のモヤモヤ……。そんな彼女の仕事術は、コスパやタイパを最重要視する合理主義者の目には信じられないような無駄の連続に映るだろう。でも彼女は自ら進んで、好奇心を全開にしてモヤモヤに向かっていくのである。呆れるほどに何度でも！

ただ、やっぱり自分ひとりではモヤモヤを抱えきれなくなるらしく、こうして鍋をつつきつつ私に愚痴っているのである。東畑さんはモヤモヤを他者と共有することに関して、「僕らは人に頼られると結構うれしく感じるじゃないですか?」と積極的に推奨しているのだけれど、それはまったくその通り。私は「そろそろ会いたいんだけど！」という彼女からのメッセージを見て「おっ、また来たぞ」と嬉しくなっているのだから。

こうしてモヤモヤを抱く行為は「ネガティヴ・ケイパビリティ」という言葉で表せるのだと、哲学者の谷川嘉浩さんは説明している。ネガティヴ（後ろ向きな）ケイパビリティ（能力）ってなんやそら？　という感じだが、それは詩人のジョン・キーツが1817年に「事実や理由に決して性急に手を伸ばさず、不確実さ、謎、疑いの中にいることができるとき」に見出せる能力だと弟宛の手紙に書いていたもので、谷川さんはそれを「物事を宙づりにしたまま抱えておく力」だと言い換える。

さまざまな生きものと協業を進めながらも、ときに頓挫したり、予定変更したり……。そうやってAKI INOMATAが生きものと対峙する制作過程は、まさにネガティヴ・ケイパビリティの積み重ねとも言えそうだ。ちなみに彼女は2008年に東京藝術大学大学院を修了し、その翌年にはヤドカリとの協業作品を発表していたのだけれど、それが社会に評価され始めたのは2014年頃。辛酸を嘗《な》めてきた歳月は短くない。でもようやく社会の側が追いついてきたようで、今日の大活躍に至っているのだ。それはまさに「モヤモヤの大逆転劇」と言ったところだろうか。

現代美術の世界ではここ数年——とくにパンデミックが地球を覆った２０２０年以降、地球環境や生態系をテーマに掲げた企画展が急増した。人類が支配者として君臨してきた時代に終わりを告げて、これからは自然との共生を模索していく時代である——そんな時流が現れているのだ。しかしそうした時流が来たからといって、突然著名なアーティストたちが作風を「脱・人間中心」的に改変できる訳でもない。もっとも、著名なアーティストの一部は多くの制作人員を従え、場合によってはそこに支配者として君臨していることもあるのだし。

もちろん彼女の作品が「脱・人間中心」的だと評価されているといっても、その協業相手となる生きものとの関係は非対称なものではある。水槽や檻の中に飼われている生きものたちは自由に動き回ることもできないし、協業しようと熱い眼差しを向けられることも知ったこっちゃないだろう（飼い犬の場合はそれなりに理解し、喜んでいたかも知れないけれど）。ただ少なくとも、彼女は自分の都合が良いように生きものの生態を捻じ曲げた形で利用したり、命を脅かすような協業を持ちかけたりすることは絶対にない。あくまでも観察者としてその命の有り様を見つめ、その美しさや面白さ、奥深さに心を震わせながら、編者として作品を紡いでいるのみである。そうしたプロセスを経てようやっと世に出された作品を観たとき、なんて美しいのだろう！　と私は感嘆してしまう。

彼女はまるで気分屋の恋人との私生活を話すときのように、生きものたちとの間に生まれた悩みを吐露する。私はそうして愚痴られることを嬉しく思いつつ、「まぁ、相手のいることだから、むずかしいですよね」と返すのだった。

ポカリスエットの少女たちが、大人になる頃

友人が風邪をひいたらしい。一人暮らしの風邪が辛いことはよく知っているが、家族でも恋人でもない人間からの「看病に行こうか？」という声かけは、ちょっと重すぎやしないかと悩ましくなる。ただ「何かできることある？」だと、相手は遠慮してしまうかもしれない。そんなときに便利なのが「ポカリとか、買っていこか？」

これがちょうどいい。実際に買っていくのはイオンウォーターやＯＳ－１かもしれないが、ポカリという商品名は「ちょっとした優しさ」の代名詞としても使えるのである。

２０２１年４月、この世の春を全て詰め込んだような60秒の映像がポカリスエットのＣＭとして公開され、憂鬱なタイムラインが途端に華やいだ。

映像は、多くの生徒で溢れた中学校の薄暗い廊下から始まる。生徒たちみんなが前方に歩いていく中、一人の女子生徒が何かを見つけたかのように振り返る。そして少女は運動

部の生徒たちを掻き分け、起伏を繰り返す廊下を走り抜け、重い扉を開けて花びらが舞い上がる満開の藤棚のアーチを通り抜けていく。そうして辿り着いた体育館の舞台にいたのは、彼女の到着を信じて待っていたかのようなもう一人の少女。二人の少女は溢れんばかりの笑顔で手を繋ぎ、光が溢れる空へと飛び出して行く……。

あまりにも美しいこの映像を観て、思わず溜息が出てしまった。まずは二人の少女の見事な演技力に惹きつけられてしまうのだけれど、私のタイムラインでそれ以上に話題になっていたのは、大規模なセットとカメラワーク。CGは一切使わず、85メートルにも及ぶセットをつくってワンカットで撮影したというのだから、界隈の関係者たちから仰天の声が溢れ返るのも当然だ。こんなに潤沢な予算が使われた作品性の高いCMなんて、近年では滅多とお目にかかれないのだから。

そして映像面だけではなく、ストーリーも斬新だった。ポカリのCMといえば、汗を流す機会の多い運動部や体育会系の若者たちの青春を描くのが長年の定番だった。けれども今回、運動部のユニフォームを着た生徒の群れを掻き分けて逆走していく少女は、明らかに文化部的な空気を纏う。これまで、ポカリのCMが公開されると「眩しすぎて直視できない」「青春が楽しかった人に向けたCM」という憂鬱なコメントが付き物だったけれど、今回はマジョリティ側の青春像……という訳でもなさそうだ。運動が大の苦手で美術部でコソコソ絵を描いていた中学時代を過ごしていた私も、ついにこうした少女たちが主役になる時代がやって来たのか……！　と謎の感慨深さを抱いてしまった。
そんな豪華絢爛な映像美を堪能した最後に、ようやく販促すべき商品が出てくる。清々しい笑顔の少女が飲むのは、きらきらと美しく光るペットボトルのポカリスエット。60秒に対してたった4秒だけそれが出てくるのだけれど、そこで私は二度目の溜息をついてしまった。残念に思ったのだ。

ここ数年、私は個人で成し遂げられるゴミ削減に少しばかり限界を感じていたこともあり、各企業の取り組みをよく追いかけていた。大塚製薬は、２００７年にはポカリスエット（５００ｍｌ）をエコボトルに切り替え、従来製品から約30％もペット樹脂の削減に成功したらしい。さらに同社のウェブサイトには、以下のような心強い文章が掲載されていた。

大塚グループでは、環境の取り組みにおける重要項目の一つとして「資源共生」を設定しており、その中でも、特に近年、世界規模で深刻な課題となっているプラスチック資源循環や海洋プラスチックゴミに関して、当社としても喫緊に取り組むべき命題だと考えております。

喫緊の命題……というのは、かなり強い言葉選びだ。ただ同社が「化石資源由来プラスチックゼロ」にすると掲げているのは、２０５０年。喫緊と書いている割には、少々気の長い話ではある。

私が家庭でできるゴミ削減の限界を感じながらも、「これは随分減らせたぞ！」と達成感を得られていたのが液体が入ったプラスチック製ボトル類のゴミだった。というのも、お茶を買うならば茶葉があり、出汁を買うなら鰹節や煮干しが、もしくは出汁パウダーがある。さらに水道の蛇口に浄水器を取り付ければ、水を買うこともなくなり液体を運ぶためのゴミは激減。わざわざ茶葉からお茶を淹れるだなんて面倒だと思う人もいるかもしれないけれど、どうせ昨今のステイホームで在宅勤務に勤しんでいるのであれば、コンビニまで飲み物を買いに行ったり、宅配で頼んだ段ボールを運んだり開梱したりするほうがずっと手間なんじゃなかろうか、と思わなくもない。

そしてポカリの場合は、粉末という選択肢がある。私も自宅に粉ポカリを常備しているのだけれど、手のひらサイズの1箱で5リットル分もつくれてしまうので、なかなか在庫がなくならない。もちろんそれでも包装のプラスチックゴミは出てしまうけれど、輸送コストはどう見積っても低くなるだろう。わざわざ遠い地域で容器に詰めた重い水分の塊をトラックでどんぶらこと運んでもらうペットボトルと、自宅の水道から出る水をジャーッと注いだ粉ポカリが似たような味になるのであれば、後者のほうがずっと良い。

ただプラスチックゴミ問題全体で見れば、資源回収のルールが浸透し、水平リサイクルが可能なペットボトルは「優等生」であるとも言われている。さらにペットボトルはプラゴミ全体のうち、たったの6・5%。最も割合の大きなものは包装や容器類らしく、これに関しては私もあまり減量が追いついていないので耳が痛い。

ただ6・5%だとしても、それを減らすことは無駄なことではないだろう。企業として「喫緊の命題」と掲げているのならば尚のこと。それにポカリには粉末があるのだ。SDGsだ、エコだと言って目新しい企画や商品ばかりが持て囃されるところがあるけれど、合理的で、環境負荷が低いものが既にあるのであれば、あらためてそちらを宣伝しても良いのではなかろうか。

しかし華やかなCMが公開された後のタイムラインでは賞賛の声が鳴り止まない。いや、私が映像をつくる側の人間だったとすれば、こんな恵まれた条件でのCM制作はまさに夢、と捉えるだろう。ここまで大規模な予算を投じて「作品」とも呼べるものをつくらせてくれる大塚製薬という会社は、もはやパトロンと呼んで良いのかも……。その予算はもちろん、ペットボトル飲料の売上に支えられているのだろうけれど。

ポカリのCMはいつだって、若者たちへのエールという大義を持つ。たとえば2020年に公開された『ポカリNEO合唱』では、オーディションで選ばれた71名の一般生徒たちがそれぞれの場所で歌い踊り、それが一つの映像となった。苦しいコロナ禍であれ団結できるのだ、というエールを込めたCMは多くの中高生の心に響き、その後文化祭や体育祭で取り組む人気曲にもなっているそうだ。

けれども若者たちに、その将来にエールを送りたいのであれば、いまの社会に積み上げられた課題を少しでも減らしていかなきゃいけない。同社が「化石資源由来プラスチックゼロ」を掲げる2050年、その中枢として社会の責任を担うのは、40代半ばに成長したいまの中高生たちなのだから。

私は、美しい作品が好きだ。だからこそそうしたものが、現実から目を背けるための道具であって欲しくないと願ってしまう。美しい言葉が、写真が、映像が、物語が、その明るさによってなにかを暗闇に隠すために利用されないで欲しいのだ。それが世間知らずな綺麗事だということは、わかっちゃいるのだけれど。
美しい60秒の映像に感嘆と落胆の溜息をつきながら、そんなことを思ったのだった。

“Farsickness” それは遠い場所への憧れ

「それは江戸時代の瀬戸の徳利ですね。焼いたときにできた歪みがあるので、手で持ちやすい形になっていて……」

台風一過のよく晴れた日、私はヨーロッパから来日していた友人夫婦を連れて熱海の骨董品屋に来ていた。ずっと私が訪ねてみたかったお店なのだけれど、友人が棚の上にあるやきものをその碧い目で熱心に見つめていたので、店主がいろいろと説明してくれたのだった。

彼女が惹かれていた理由は、白い色と左右非対称なその造形。というのも、彼女は羊毛を使って布をこしらえ、それで繭《まゆ》のようなドレスをつくるプロジェクトを何年も前から大切に進めていたのだけれど、そんなドレスの色形と酒瓶のそれがよく似ていたのだ。

さらに店主の発した「江戸」という単語も魅力的に響いたらしい。聞けば、ずっと昔に学校で受けた歴史の授業で、「日本には江戸という鎖国時代があり、その間内乱が少なかったことから、ユニークな文化が花開いた」と勉強したそうだ。幼かった彼女はその瞬間から、遠く東の果てにある日本という国に特別な関心を抱くようになったのだとか――。

彼女の名前はAlla Sinkevich。ウクライナで生まれ、幼少期から大人になるまでをベラルーシで過ごし、いまはコペンハーゲンを拠点に活動しているファッションデザイナーだ。私とAllaの出会いは遡ること4年前、曇り空が美しいアイルランドのダブリンだった。私は語学学校に通うために1ヶ月だけその街に滞在していたのだけれど、せっかくならダブリンを拠点にものづくりをしている人に会いたいな……とInstagramで調べていたところ、当時その街で活動していたAllaのアカウントに辿り着いたのである。私たちのバックグラウンドはまるで違ったけれど、好きなものや、思考のバランスはよく似ていた。ときに彼女のパートナーのVitも交えながら、1ヶ月という短い期間で10回もの時間を共に過ごした。

「いつか日本に行ってみたい」と話すAllaに、「そのときは私が案内するね」と約束してから早4年。疫病がありすっかり間が空いてしまったのだけれど、国境が開くやいなや二人は長い旅路を経て、人生初の日本に来てくれたのだった。

熱海の骨董品屋で彼女は江戸時代の徳利を、私は金継ぎされた小さな豆皿を購入した。その後美術館を巡り、たらふくお寿司を食べて、こだまに乗って東京の我が家へ三人で帰った。成田空港発着の2週間の日本旅行、ひとまず私の家に大きな荷物を置いて拠点にしつつ、そこから各地を巡る……という計画になっていたのだ。ちょうど夫が海外出張中で一部屋余っていたのも好都合。キッチンや水回りも自由に使ってもらえるように準備して、我が家はしばらくの間、よく喋るホスト付き民泊へと姿を変えたのだった。

私たちは2週間をめいっぱい使って、いろんな場所を訪れた。熱海の温泉宿で長旅の疲れを癒やしてから、一旦東京に戻り、それから西に大移動。私が小学校の修学旅行以来ずっと再訪したいと願っていた岡山、倉敷の美観地区では滔々 toutou という蔵を改装した宿に泊まり、美しい街を散策した。広島の尾道では床、壁、天井全面に和紙が貼られた客室を持つ LOG に宿泊。千光寺の展望台から瀬戸内の島々を眺め、その後向島までのサイクリングも楽しんだ。友人の紹介で姫路のテキスタイルデザイナーの工房を訪ねたり、京都ではしばらくの間二人だけで過ごしてもらったり。さらに大阪にある私の実家にも一泊し、阪神戦のテレビ中継を縦縞のユニフォームを着て観戦、というローカルイベントまで発生した。

私は行く先々で下手な通訳を務めつつ、さらに土地勘のない街で時刻表や地図を確認しながら、もちろん自分も観光を楽しむという心身フル回転の状態ではあったのだけれど、とにかく毎日がきらきらとした発見に満ちていた。二人が神社仏閣や古い街並みに感動している……という姿は嬉しくも想定内だったけれど、白いシャツを着たサラリーマンの行列や、学生服の中高生、電線のある景色、街に溢れる看板、老舗食堂の食品サンプル、八百屋に並ぶ白い大根……そうしたものにも美しさを見出していたようで、二人の視点を通して見慣れた景色を再発見することが面白かった。さらに行く先々で出会う人たちが親切に接してくれて、二人にどんどんお土産をくれることにも驚いた。

しかしなによりも発見が多かったのは、暮らしの内側。Alla と Vit は暮らしの名人で、二人は異国の知らない街であれ生活を豊かなものに変えていくのだ。

まず熱海から帰ってきた次の日。Alla が朝からお散歩に出てるな……と思ったら近所の花屋でヒマワリを一輪買ってきたようで、江戸時代の酒瓶にそれを可愛らしく活けていた。旅先で花を活けるだなんて、なんて素敵なの！　と思った数分後には、キッチンで朝ごはんをつくってくれている。八百屋で熟れたアボカドを上手に選んで、フォークでつぶしてレモンと塩をかけてワカモレに。Vit は近所のコーヒー屋で DeepL 翻訳を駆使し、浅煎りのフルーティーなコーヒー豆をゲット。持参した（！）エアロプレスメーカーでこだわりのコーヒーを淹れてくれた。さらに「こんな素晴らしいパンをつくれるベーカリーはそうそうないよ！」と興奮しながら持ち帰ってきた胡桃とイチジクの練り込まれたライ麦パンを上手にカットし、そこにデンマークから持ってきたチーズを添える。一方のAllaは「あった、これがいい！」と、食器棚からお猪口を3つ出してきた。おっ、朝から酒盛りか？と思ったら、それをエッグスタンドに見立てて、ゆで卵を乗せたのだ。彼女の見立ては大正解で、お猪口に卵がぴたりとはまった。

美味しいコーヒーにボイルドエッグ、たくさんのフルーツとライ麦パンにワカモレとチーズを合わせて、最高の朝ごはんが完成した。そして二人は、ゆで卵の頭をスプーンでカツカツと割り始めた。私が「それ、映画でしか見たことのない食べ方だ！」と興奮していると「バターを乗せても美味しいよ」とAlla。試しにやってみたところ、バターがとろりと溶けて半熟の黄身と最高に合う。こんなに発見に満ちた朝ごはん、これまでに経験したことがあっただろうか！

そして私が自宅で夕食をつくるときに二人は、米の研ぎ方や出汁のとり方、そしてとびきり長いお箸を「菜箸」と呼んで調理に使うことなどを、熱心に学んでいた。一挙手一投足を観察されるのは少々恥ずかしかったけれど、こんなありふれた営みが観光資源になるのだなぁと面白くも感じた。

そうやって過ごしているうちに2週間は過ぎていき、いよいよ二人が帰国する日になった。江戸時代の徳利や、私が愛用しているものと同じ2合炊きの土鍋、行く先々でもらったお土産、そして最終日に食料品店で買ったさまざまな乾物……そんな大量の荷物をスーツケースの限界まで詰め込んだ二人を、私は上野駅までお見送り。成田空港行きのスカイライナーの出発まで少し時間があったのだけど、Vitが駅にあるピアノを見つけて「お別れのギフトに、一曲弾いてよ！」と言ってきたので、私はお恥ずかしながらそこでストリートピアニストデビューを果たした。

そうしている間に出発時刻が近づいてきたので、心からのハグをしてから、二人が見えなくなるまで手を振った。そして久しぶりに、一人っきりになった。

寂しさと、任務を果たした達成感を抱いてぼんやりと上野を歩く。看板、電線、街行く人……これまでちっとも美しいと思っていなかった雑多な景色が、きらきらと輝いて見えることに驚いた。日本にいるのに、どこかまったく知らない国にいるような、不思議な2週間だったな……と反芻《はんすう》しながら、帰宅後気を失うかのように布団に飛び込み、気がつけば朝。インドア人間の2週間の大冒険、疲れのピークはとっくに過ぎていたようである。

のそのそと布団から這い出てシャワーを浴び、髪を乾かす。そして冷蔵庫から卵を1つ取り出して小鍋で茹でる。まだ残っていたチーズとフルーツを適当に切って皿に盛り付け、茹であがった卵をお猪口に乗せる。カツカツとスプーンで殻に穴を開け、そこにバターを少々。あぁ、やっぱり美味しい。窓辺には、彼女の残していったヒマワリが元気に咲いていた。徳利を梱包するときに、Allaは花だけを活け替えてくれていたのだ。そういえば、ヒマワリは彼女の生まれ故郷の花だったな……ということに気がつきながら、二つの日常が混ざりあった非日常の余韻を味わった。

私はいっとき、純日本風主義……というか、谷崎潤一郎の『陰翳礼讃』原理主義に傾いていた時期があった。その名著に書かれているように、西洋的なもの、もしくは現代的なものを暮らしからできる限り排除し、統一感を守らなければ！　と強いこだわりを抱いていたのだ。ただそうやって統一感のある景色をつくり上げていくというのは、逆に言えば排除の積み重ねでもあるし、同時に自らが外界と混ざり合う可能性すら潰していくことでもあった。

谷崎は同書で、白人の中に混ざる日本人女性の「皮膚の底に澱んでゐる暗色」に注目し、それを「水の底にある汚物」だと喩えている。明るい空間の中、透き通るように美しい肌色の白人たちに混ざった日本人女性はしみのように目立つので、陰影の中にいるべきだという暴論である。その美意識を厳格に守るのであれば、私は大好きなAllaとVitとは共に過ごせないことになってしまう。なんたる人生の損失だろうか！

統一感を死守するために他者を排除する……そんな私のかつての行為の裏にあったのは、自らの文化への誇りというよりも、劣等感だったのかもしれない。自分自身に、そして自らを育んだ文化にしっかりと誇りを持てているのであれば、他者と接するときも対等な心構えになり、その上で相手の素晴らしい文化を受け入れることだってできるだろう。他者を否定することで自分を守り続けていくと、内側はどんどん痩せ細っていってしまう。それよりも、他者を受け入れることでより豊かな世界をつくれるのであれば、そっちのほうがずっと良い。

それからしばらく経った後。Allaは遠い国で過ごした日々を反芻するように、Instagramに写真と文章を投稿していた。キャプションには私たちが訪れた地名や体験したことが端的に綴られ、その最後に"Farsickness"と書かれている。それは初めて触れる言葉だとコメントすると、彼女はこう答えてくれた。

It's a rough translation of the German word, fernweh. It means the opposite of homesickness – a yearning for distant places.

（もとは、ドイツ語の fernweh という言葉を大まかに訳したもの。それはホームシックの反対、つまり遠い場所への憧れ、ということだね。）

sickness という好ましくない言葉に Far がくっつくだけで、なんだか少し夢見心地な印象に変わる。美しい言葉だな、と私はそれを忘れないようにメモした。

ふと彼女のストーリーズの最新投稿を見ると、そこにはまんまるなおにぎりの写真。スーツケースにギリギリなんとか詰め込んでいたあの土鍋で、上手にごはんが炊けたらしい。その下に焼海苔が敷かれているのは我々もよく知るおにぎりの姿だけれど、上に青海苔が可愛くトッピングされているのは珍しい。この青海苔トッピング、私も試してみようかな……と彼女のアイデアにいいねを押しつつ、遠く離れた二つの場所で、私たちの日常が互いに混ざりあっていることを嬉しく思った。

V

小さな声で話してみる

「児童書はその子の一生の地下水になる」と言われてみれば

「児童書はその子の一生の地下水になる」

ある夜、絵本作家のモリナガ・ヨウさんがつぶやいていたそんな言葉を見て、子どもの頃に光の入る明るい部屋で過ごした記憶が浮かび上がってきた。その部屋で近所のおばちゃんに絵本の読み聞かせをしてもらったあの日。文字が読めるようになって、友達みんなで絵本の読書会をしていた放課後の楽しい時間。そこに集まっていた大人たちはいつだって、私たちにあの絵本、この絵本とせっせと読み聞かせや選書をしてくれたのだけど、あれには「この子たちに地下水を」という意思があったのかしら……と記憶を辿る。

記憶の中にある「光の入る明るい部屋」というのは、地元千里ニュータウンの集会所の中につくられた、青山台文庫という私設文庫だ。児童書が壁いっぱいに並ぶ文庫では、学校の図書室よりも、ショッピングモールの中にある本屋よりも、心をくすぐる絵本に出会えることが多かった。幼い頃は母に連れられて、小学生になってからは放課後自転車を漕いで、週に一度開かれる文庫に行くのが私の楽しみだった。

青山台文庫を開いたのは、正置《まさき》友子さんという絵本研究者の方だった。いや、開いた当時の正置さんは絵本研究者ではなく、本が好きなお母さん。最初は自宅に絵本を並べ、それを地域に開放してみたらどんどん子どもたちがやってきて、手狭になってきたので場所を移し、集会所の中に青山台文庫が誕生したそうだ。そして青山台文庫20周年イベントの折に正置さんは「54歳になりますが、いまからイギリスに行って勉強して参ります」と仲間たちに伝え、絵本の研究をするために渡英した（この20周年のアーカイブ冊子に、最年少寄稿者として5歳の私も一筆書かせていただいている）。その後の文庫の運営は、飯田妙子さんという絵本と子どもを愛する適任者に引き継がれたのだった。

正置さんはもちろん、飯田さんも、そして一緒に運営をしている地域のお母さんたちも、心から絵本や文化を愛する人たちだった。母が「こんな凄い人たちが運営してはる文庫が近くにあるなんて、ほんまに有り難いことや」と度々伝えてきたのだけれど、物心付いた頃からある場所の価値が如何ほどのものか……というのは子どもにはわからない。けれども私は青山台文庫が好きで、文庫のおばちゃんたちが好きで、そこで出会った絵本が大好きだった。ここで少し、幼い頃に強く惹かれた数冊の絵本について思い出してみたい。

「あぁ、こんなふうに暮らしたい！」と胸をときめかせてページを捲ったのは、『14ひきのあさごはん』（作いわむらかずお）。野ねずみの家族が大冒険のような道のりを経て野いちごをカゴいっぱいに摘み、どんぐりのパンを焼いて、きのこのスープを煮込む。それを丸太でできたテーブルに並べてみんなで朝から食べるだなんて、なんて素敵なのだろう！　私はこの朝ごはん風景に心からときめき、柿の木の切り株と紙粘土でファンアートをこしらえたほどである。竹でできたコップや水筒、木の器やスプーン、土の壁。暮らしの細部がほんのり日本らしいところも、親近感を与えてくれた。

14ひきの内訳は、おじいさん、おばあさん、おとうさん、おかあさん、いっくん、にっくん、さっちゃん、よっちゃん、ごうくん、ろっくん、なっちゃん、はっくん、くんちゃん、とっくん。子どもの頃に注目していたのは末娘の「くんちゃん」だったけれど、大人になってから読むと、上の子たちの立派な勤労っぷりに目が向いてしまう。30年以上かけて自らの視点の変化を知ることができるというのも、絵本の醍醐味である。

人生初のレシピ本として私が活用したのは、『よもぎだんご』（作さとうわきこ）。よもぎ、なずな、よめな、いたどり、つくし、のびる、せり……。野草に詳しい〝ばばばあちゃん〟が子どもたちを指揮監督しながら、そこらへんの野草を採取して、一緒にごちそうをつくるのだ。

この本のレシピを真似て、子どもの頃にそこらへんのよもぎを贅沢に使い、母と「よもぎだんご」を大量生産した。それがとくべつに美味しかった訳ではないけれど、とくべつに楽しかった思い出ではある。


そうした自然の中にある暮らしが、大きなものに壊されていく物語にも強く心を打たれた。『ちいさいおうち』（文・絵バージニア・リー・バートン、訳石井桃子）は、アメリカ郊外、牧歌的な丘の上にあった〝ちいさいおうち〟が主人公だ。

「まちって、どんなところだろう。まちにすんだら、どんなきもちがするものだろう。」

おうちは、遠くに小さく見える街の景色に好奇心を膨らませていた。でもしばらくすると、おうちの周りにはアスファルトの道路が、つぎに公団住宅が、タウンハウスが、24時間消えない街灯が、電車が、高架線が、地下鉄が、そして高層ビルが建設されていく。そうして100年程が経った頃だろうか。すっかりみすぼらしくなった〝おうち〟にはもう、ビルに囲まれた狭い空と、忙しなく歩く人たちしか見えない。けれどもそのおうちの前に、家族連れの女性が立ち止まり——そんな都市開発の物語だ。

『ぼくはくまのままでいたかったのに……』（文イエルク・シュタイナー、絵イエルク・ミュラー、訳大島かおり）も、人間の都合によって環境が変わってしまった側の痛みを描いている。くまが冬眠している間に、ほらあなの上に工場ができてしまって、冬眠から目覚めたくまは「怠けものの労働者」としてそこで働かされることになるのだ。もちろんくまは、労働者たちの足手まといになる。「ぼくはくまのままでいたかったのに……」と思いながらも、くまは次第に、自分がくまであることを忘れていってしまう。どうして自分が落ちこぼれなのか。どうして冬になると眠たくなるのかわからない。いよいよ工場をクビになったくまは、自らが住んでいた森にまっすぐ帰ることができず、コンクリートの道路をさまよい続けてモーテルに入る。くまであることを忘れてしまったのだった。

ここで描かれている「くま」は、動物であり、それは破壊されゆく自然を象徴しているのだろうけれど、一方で紋切り型の社会で働く労働者のメタファーでもあるんだろう。だから、この話は環境破壊の話であり、労働により本来の心を失くしてしまう人間の話でもあるのだな……と、これまた読み返していて気がついた。そして私が好きだったのは、物語の最後。人間側の文章では語ることのできないくまの行動が絵だけで表現されていて、なんとも静かな余韻を残してくれる。

――こうして昔好きだった絵本をあらためて読んでみると、なぜ幼少期の自分がそれらに惹かれたのかがよくわかる。繊細で美しいけれど、逞しいもの。静かで弱いけれど、屈しないもの。私はそうしたものが好きだったのだ。その後、周囲に同調して過ごしていた中高時代を経てすっかり忘れてしまっていたけれど、私は5、6歳のときにはもう、本当に自分が好きな言葉や世界観を見つけていたらしい。

自分は何者で、一体何に惹かれるのか。どんな未来をつくりたくて、なにを守っていきたいのか。それは探すのではなく、閃《ひらめ》くのでも、与えられるのでもなく、思い出すくらいがちょうどいいのかもしれない。7歳、6歳、5歳……目に映るものすべてが珍しい頃、その中でもとりわけ光っていたものたちは、どんな姿かたちをしていたか。昔、心をギュッと摑んだ絵本を思い出してみると、自分のことがよくわかる。

「絵本は、幼い子だけのものではなく、単にいっときの楽しみのものでもなく、その後の長い人生の宝物」

青山台文庫を開いた正置友子さんの著書に、こんな言葉が綴られていた。

誰かに贈り物をするときは、相手から「ありがとう」と言ってもらえれば嬉しい。けれども私は幼い頃、正置さんに感謝なんて伝えていなかったはずだ。存在して当たり前の環境だと思い、ただ楽しく文庫に通っていた。けれども二十数年も経って、ようやく青山台文庫に、正置さんに、母に、絵本の著者たちに、読み聞かせをしてくれた地域のおばちゃんたちに、「ありがとうございます」という気持ちが湧いてきた。絵本はなんとも、気の長い贈り物だ。

＊

――ここから少し、後日談を。

こうした文章をnoteに書いた後、ちゃんとご本人にもありがとうを伝えようと、正置さんと、今も青山台文庫の代表をされている飯田さんに手紙を書いた。正置さんはもう80代。何度も大変なご病気をされている……と母から聞いていたから、文字を読んでいただける間になんとか、と焦る気持ちも少しあった。

そして二通の手紙を送った2日後に、飯田さんからメールが届いた。飯田さんはとってもチャーミングな、子どもの心を忘れない大人で、私は彼女が大好きだった。メールの文面にも人格が溢れ出ており、懐かしさと嬉しさで勢いづいて、その後二十数年ぶりに青山台文庫を訪れ……驚いた。そこでは正置さんがしゃんと背筋を伸ばして、集まった何十人もの聴衆を前に絵本についての講演をされているではないか。そのお姿の逞しいこと！　そして出版を控えているという本の原稿を一部拝読して、また仰天。そこには一冊の絵本について、絵や言葉の仔細な解説はもちろん、歴史的な背景や作者の人となり、日本語版と英語版での違いに至るまで……さまざまなことがぎっしり書かれていた。これを１２７冊分書いているのだという。気が遠くなるような仕事量だ。

「ほんとに大変なんだから！」と、校閲や進行を担われている飯田さんが明るい悲鳴を上げていた。

その後一年も経たないうちに、正置さんの新刊は出版された。タイトルは『生きるための絵本』。副題は「命生まれるときから命尽きるときまでの絵本１２７冊」で、０歳児と一緒に読める絵本の紹介からはじまり、知っているものも知らないものも、とにかくたくさん。ひとまずは好きな絵本の解説を読んでみよう……と『ちいさいおうち』のページを開いてみたところ、また驚いた。

原書『The Little House』では表紙のおうちの玄関の前に、HER-STORYという文字が入っているらしい。ただこれを単純に「彼女の物語」と訳すのでは説明が足りない。歴史は英語でhistoryだけど、権力者の男性がつくってきた……という意味でHIS-STORYとも言われている。この本は１９４２年、アメリカで性差別撤廃を掲げて女性たちが前に進もうとしていたその時代に、女性作家が意志を持ってHER-STORYと表紙に描いたものだった。さらに、本文でおうちを示す代名詞にはSheがあてがわれ、彼女が周囲を見るときの動詞には「see」や「look at」ではなく、意志的な意味合いを含んだ「watch」が使われている、と正置さんは分析する。

一箇所に根を張り、時代の変遷を見つめ続ける〝彼女〟の物語――。ちなみに出版から77年経った２０１９年にようやく、日本語版の表紙にもHER-STORYという文字が加えられたそうだ。つまり私は、すっぽりその文脈が抜け落ちた状態でその絵本に慣れ親しんでいたことになる。

美しい絵や文章で彩られた絵本の内側には、次の世代に向けた作者の願いが込められている、ということは少なくない。けれども、直接的に書かれている訳ではないから、読む側はそれに気づかぬままに通り過ぎてしまう――ということもままある。そこに込められた願いを正置さんは真摯《しんし》に読み解き、私たちに伝えてくれる。まるで小さな声の翻訳家だ。

そして83歳で集大成と呼べるような一冊を出版されたいまも、次にやるべき仕事について構想を止めない。「私は、おとなの役割は、未来に対する責任を果たすこと、希望の松《たい》明《まつ》を未来へと渡すことではないかと思っています」とあとがきに書かれていたけれど、命がある限り、まだまだ果たさなければならない責任があるということなのだろう。

幼い頃に母が何度も伝えてきた正置さんの偉大さをようやっと噛み締めながら、私は青山台文庫で育てられた子どもとして、一人の女性として、そして駆け出しの物書きとして、大いにエンパワメントされたのだった。

たとえ喧騒の中であれ、小さな声で、話してみること

この社会の中で息苦しさをつくり出している要因、なんてものを数えだしたらキリがない。「新しくて珍しい」という理由でなにかが持て囃されたと思いきや、翌年には「もう古い」と見向きもされなくなる時流。「あなたの身体は恥ずかしいものだ」と伝えてくるさまざまな広告。権力構造を内包した男社会、そこから除外され終わりなきケアを求められてしまう女たち。こうした大きなものによる圧力は、私たちの日常に絶えず立ち現れてくる。

そうして高く降り積もった雪を前に、目の前の雪掻きをして人が歩けるだけの道をつくったとしても、道はまたすぐに塞がれてしまう……ということは少なくない。というのも日常的な息苦しさの多くは、合理的な資本主義社会と密接な関係にあるのだから、その仕組みを変えられない限りは終わりなき雪掻きに追われてしまうようなものだ。

そんな毎日に疲れたとき、淡い期待を抱いて美術館に行くことがある。もちろん、美術

の世界にだって権力構造、そして審査基準があり、競争の中で篩《ふるい》にかけられた作品群が並んでいるんだから、合理的な資本主義に包まれた社会全体とそこに大きな差はない。とくにそれが現代美術の展示空間であれば、前例を覆すような革新的な作品が審査基準を通過して、人類の個性と言論の見本市ですという顔をしてずらりと並ぶ。

けれども、そうした主張、主張、主張のプレゼンテーションが鳴り響く現代美術作品群の中で、まれに空気がふわりと変わる場所がある。ニューヨークのMoMAでも、東京の森美術館でも、遠く中東にあるルーブル・アブダビでも、それは李禹煥《リウファン》の作品の前だった。

1936年、日本統治時代の朝鮮（現在の韓国）で生まれ、1956年に来日して日本大学文理学部で哲学を学んだ李禹煥。1960年代から自然や人工の素材を扱った作品を発表し、同時に彼の著作は「もの派」と分類された作家たちの理論的支柱にもなった。そんな李禹煥の作品からは、自己主張的な声はほんの少しも聞こえてこない。

たとえば代表作の一つである『線より』は、上から下へと反復される筆跡がいくつも連なり、そこに微妙な差異が見て取れる絵画作品である。ただ観る者に伝わってくるのは絵画そのものの内容以上に、美術館の壁、その壁にかけられたカンヴァス、カンヴァスに乗る絵具、絵具を引いた絵筆、絵筆を持った画家の手、その手を下へと落とす重力……そうした外界との関係性が連なり生まれた、やわらかな空気である。作家の持つ他者（それはものであり、空気であり、自然法則でもある）への目線が、その絵画の周辺に小さな宇宙をつくっているのだ。近年描かれている『応答』では、対となるような色の絵具で描かれたグラデーションの塊が2つ、互いを尊重し合うような形でカンヴァスの中に存在している。その2つの塊が響き合い、画面からは心地よい和音が奏でられているようにも感じる。そうしたやわらかな空気や調和を感じたとき、私は「あぁ助かった……」と安堵するのだった。

私がなにかを美しいと感じるとき、そこには必ず安堵が伴う。それまで浅かった呼吸が深くなり、強張っていた身体が少し緩まる。この安堵は一体、どこから生まれるのだろうかと考えた。李禹煥の作品は限りなく自然物に近いから、美しい自然の中に足を踏み入れたときの爽快感に似ているかもしれない、とかつては思っていたのだけれど、どうやらそれとは明らかに違う。自然は美しくとも脅威であり、その中で我々は小さく孤独だ。けれども美術作品は、それをつくった人の存在が必ずある。自然法則に深い敬意を持ち、その小さな声に耳を澄ませたいと願う作者の信念がそこにあるのだ。そんな信念を手放さずに、この社会を生きている人間が存在するという事実に、私は深い安堵を覚えるのだろう。

「私は時に、自我－言葉から出発するが、つねにその先の方の未確定で未知な世界と関わりたい。自我で世界を言語化したり世界を所有したいのではなく、世界と関係し知覚したいのである」(『余白の芸術』)と作者は語る。自らが支配者となり作品を統率するという意志を手放しているからこそ、主張、主張、主張のプレゼンテーションが鳴り響く中で、彼の作品は異質な空気をつくり出しているのだろう。そんな李禹煥の言葉に触れながら、子どもの頃にお世話になっていた劇団の演出家の言葉を思い出した。

「喧騒の中で、話を聴いてもらうにはどうしたら良いと思う?」

演出家が投げかけた質問を受けて、劇団員たちは身体を精一杯動かしてみるだとか、表情豊かに伝えるだとか、まずは音楽を流してみるだとか、各々の回答をした。それを一通り聴いた後に、その演出家はこう続けた。

「小さな声で話すこと。そうすれば周りの人は音量を下げ、耳を傾けて、あなたの声を聴いてくれますよ」

——周囲に強く、大きなものばかりが並んでいるからといって、それらに合わせる必要はないのだ。大きな声で競い合うのではなく、小さな声で話すこと。そうすれば周囲はそれに気がつき、そこには静かな空気が流れ始める――。一種の理想論かもしれないが、修練を積めばそれが成立し得るということを、李禹煥の作品は私たちに証明してくれている。

2022年の夏から秋にかけて、六本木の国立新美術館にて李禹煥の大規模個展が開催された。彼は紛れもなく東アジアを代表する美術家の一人であり、そのキャリアは東京で始まった。けれどもそんなお膝元である東京での大規模個展は、長い作家人生において今回が初の試みとのことだった。

彼の名が付いた美術館は、現在世界に3館ある。一つは日本の瀬戸内の直島に、もう一つは彼の祖国、韓国の釜山の海の近くに。そして2022年に開館した3館目は、フランスの南仏、アルルのローヌ川の近くである。ときにはニューヨークのグッゲンハイム美術館などでも個展を開催していたけれど、彼の作品は自然の側で求められる機会のほうが多いようだった。

東京で、これまで李禹煥の大規模な個展が開かれなかった。そうした点だけで論じるのはいささか拡大解釈かもしれないが、それは東洋を牽引してきた大都市・東京が、これまでずっと大きいものや強いものを是としてきたから……と読み取れるところもある。しかしいまはそんな大都市も成熟、もしくは弱体化してきた。そうした折に李禹煥という作家を迎え入れるということは、この喧騒の中でずっと生きてきた人たちが、「大きな声を一旦止めて、小さき声に耳を傾けましょうよ」と、手放していたものを取り戻そうとしていく兆しのようにも感じる。楽観的かもしれないが、美術から見えるそうした社会の変化に触れて、いくらか心がほの明るくなるのだった。

自分を調律するための音楽

先に、李禹煥の作品の前で心が安堵する理由について触れたけれど——そうやって感覚を言葉にしたとき、取りこぼしてしまうものは少なからずある。もちろん言葉だからこそしっかり筋を通して伝えられることもあれば、言葉を介さない感覚と感覚での会話……というものも必ずあって、そうしたものは美術や音楽と呼ばれたり、愛と呼ばれたりすることもあるのだろう。

しかしこうも毎日文章ばかりを書いて暮らしていると、ときに感覚を遊ばせておく余白もなくなり、頭のほうがうんと優位になってくる。知識を蓄え、思考を整理し、いま起きている事柄を自らの言葉で言い表そうと、世の中を抽象化した上で理解しようという欲が強くなる。

そんなとき、ヴァージニア・ウルフの「とにかくその種の混合がなければ知性ばかりが支配的になり、心の他の能力は硬化して不毛になるのですから」という言葉を思い出すのだった。ウルフが『自分ひとりの部屋』で論じた「混合」というのは男女両性具有的なものを意味し、つまりは感性と知性が混ざりあった状態、ということだった。

感性を奥に追いやってしまわないために、それを遊ばせておく場所を持っておきたい——そう思い始めた頃に偶然知ったのが、古琴という楽器だった。確かあれは2020年の夏、コロナ禍のニューヨーク生活中。高層ビルの31階の部屋から出られずに過ごす日々に疲弊し、土着的な音に触れたいな……とYouTubeでさまざまな民族音楽動画をザッピングしていたところ、アルゴリズムが「であればこれもお好きでしょう」と中国の伝統楽器、古琴の演奏動画を運んできてくれたのである。

最初は「お箏?」と思ったのだけれど、それは私が知っている日本のお箏よりも随分小ぶりで、表面にはなまめかしい光沢を持つ。奏者は右手で弦を弾き、左手は蝶のように舞ったり弦に軽く触れたりしている。そして一瞬で私を魅了したのは、渋く力強く響く低音と、空から降り注ぐような繊麗な高音。そうした特徴的な音色によって、なんとも憂いのある旋律が奏でられているのである。あぁ、この楽器を奏でてみたい……とこれまでに抱いたことのないほどに、大きな欲が満ちてきたのだった。

でも、コロナ禍のニューヨークで中国の伝統楽器を手に入れる方法なんて、さっぱりわからない。オンラインショップで購入できるものもあったようだけれど、音を聴かずに楽器を買うのは怖いし、なにより中国からの国際便は壊滅的な状況だった時期である。手に入れることが叶わないのであればせめて聴こう……と私はその日から毎日のように古琴の音源を聴き漁り、いつの日か触れられる日が来ますようにと夢見て過ごしていたのだった。

その後私は日本に帰国し、コロナもある程度収束。そしてずっとSNSで拝見していた大阪の古琴教室、大阪七絃琴館のお試しレッスンに向かった。

そこには夢にまで見た古琴が壁にずらりと並んでいる。大阪七絃琴館の主宰者である荘不周先生は中国の大連出身。もう10年も大阪に住んでおられるとのことでレッスンは流暢な日本語で始まったのだけれど、古琴の各名称などは中国語でも教えてくれる。古琴には、舌、額、頚、肩、腰、焦尾……など、まるで生きものの身体のような名称がついて、さらに音には天地人の意味が込められているのだとか。空から降ってくるような澄んだ音は天の音（泛音《はんおん》）、低く響くのは地の音（散音《さんおん》）、弦を押さえる指を滑らせてグリッサンドをするのは人の声（按音《あんおん》）、といった具合に。そして荘先生が弦を弾いたとき——初めて自分の耳で聴いた古琴の響きに、身体の中の細胞が立ち上がるようだった。

続いて私も、目の前に置かれた古琴の弦を言われるがままに弾いてみる。弱々しいけれど、確かに古琴らしい音が出た。あぁ、ようやっと自分の手でこの音を……と大きな感動に包まれた。大阪七絃琴館では信頼できる中国の職人さんと直接取り引きして楽器の販売もされているそうで、すぐに購入できるものもあった。が、正直帰国直後の私には金がなかった。ニューヨークで高い家賃を払い続けた3年間、さらに食費やら飛行機代やらを工面するのに精一杯！　という果てに帰国を決めたので、国際引っ越しやら新居の契約やらで、すっかり貯金は尽きてしまったのである。無い袖は振れない。「いつか必ず、必ずまた来ますので……」とお暇《いとま》し、そこから1年半後。約束通り大阪七絃琴館を再訪し、黒く美しい響きの豊かな一台をようやっと、自分のものにすることが叶ったのだった。

幼少期からずっと音楽に触れて育ってきたけれど、自分の意志で楽器を買うのは人生で初めてのことだった。うちは母が大のピアノ好きで、姉たち二人は私の物心がつく前から既にレッスンに通っており、私も3歳から姉たちと同じピアノ教室へ通った。家にはYAMAHAの茶色いアップライトピアノがあり、私はいつも機嫌よくそれを弾いていた。

私が姉たちよりも楽しそうにピアノを弾いているもんだから、母は「この子の才能を伸ばしてやろう」と判断してくれたのだろう。小学4年生の頃にはプロとしても活動されている先生のもとへ弟子入りし、ピアノに向かう姿勢から何から全てを学びなおすことに。

その後、祖母が「アップライトでは伸びないだろう」とYAMAHAのグランドピアノまで買ってくれることになった。

クレーンで運び込まれた、部屋の大半を埋め尽くすツヤツヤの黒い物体。嬉しさはあったけれど、「とんでもないものを与えられてしまった！」というプレッシャーのほうが大きかった。だって、家にグランドピアノがあるなんて、音大生か、ピアノの教室か、お金持ちくらいのものである。我が家はそのどれにも当てはまらない。亡き祖父の残した戸建てでのびのび暮らせてはいたものの、母は家計のためにと毎日忙しく働いているし、体操服もお下がりを着回すような節約家庭なのである。母の給料何ヶ月分かもわからないピアノを前に、私は震撼した。

しかし、ピアノ屋さんではコンサートホールのように美しく響いたその音色も、家で弾いてみるとなんだかいまいちパッとしない。ベッドやクローゼットでぎゅうぎゅうの子ども部屋は布が多すぎて、音を吸収してしまっていたのだろう。さらに湿気が響きを鈍いものにする。エアコンで部屋をせっせと除湿しながら、投資に値するだけの演奏をしなければ……と毎日ノルマの消化に励んだものだった。

「あまり空気が乾燥してると、楽器にも良くないですからね」

古琴のメンテナンスについて教わっているとき、荘先生のそんな言葉を聞いて「えっ!」と思わず身を乗り出してしまった。楽器というのはすべからく、湿気が大敵だと思っていたからだ。けれどもこの古琴が生まれたのは湿度の高い中国の揚州。だから空気の乾燥した東北や欧州だと、表面が破れたり、調弦がすぐに狂ってしまったりするらしい。

その土地の風土に根ざした衣類や、食や、住まいがあるように、もちろん楽器にも風土は深く影響しているのだ。けれども私が触れてきた楽器は、西洋で誕生し、商品化されて流通してきたものばかりだったから、あまりにも目からウロコだった。ちなみに古琴の歴史は長く、少なくとも三世紀頃にはいまのような姿で成立していたと言われている。それが遣唐使によって日本に伝来し、日本でも千年以上もの長い間愛されてきたのだ。

そして古琴は気候だけではなく、私の身体にもよく馴染んだ。ピアノは西洋人の男性を基準につくられているために、指が届かない和音をなんとか弾こうと度々手を痛めたものである。でも、古琴はそんなに大きな手を必要としない。持って生まれたこの身体のままで良いのだ……ということに私は安堵した。

「なんでも訊いてくださいね!」と荘先生に優しく見送られ、購入したばかりの古琴を背負って教室を出る。エレベーターの鏡に黒いハードケースを背負った自分の姿が映り、嬉しくなってしまった。相棒のように楽器を背負うのは一つの夢でもあったのだ。

こうして、念願の楽器は手に入った。しかし、演奏を独学で学んでいく……というのはなかなか難しそうだった。シンプルに見えていた奏法は、荘先生に少し教えてもらっただけでもプロの指導が必要なものだとすぐわかった。さらに奏者人口が少ないために、教則本のようなものもほぼ流通していない。そこで改めて「古琴　関東　教室」と検索して見つけた、東京郊外の住宅街にあるという教室に問い合わせを送って、その門を叩いた。先生は美しく歳を重ねられたとても品のある女性で、「どうして古琴に興味を持たれたのか、ぜひ教えていただきたいんです」とこちらの話をゆっくり聞いてくださった。

庭の見える静かな部屋で、先生と二人。古琴のレッスンがいよいよ始まった。

古琴の楽譜は五線譜ではなく、漢字を略して組み合わせた減字譜と呼ばれるものである。あれ、じゃあテンポは？　リズムは？　と私が困惑していると、それは師匠の演奏を聴いて覚えたり、個人の解釈に委ねられている部分も大きいらしい。私は高校時代、吹奏楽部で打楽器を担当していたために、思春期の多くの時間はメトロノームと一体化して過ごしていた。その癖がいまも残っているのか、ついつい心の中でト、ト、ト、ト……と拍を刻んでしまうのだけれど、そんな私に先生は「まずはご自身の呼吸を感じて……」と教えてくれた。

調律についても驚きがあった。古琴はギターやヴァイオリンのように、演奏する前に都度調弦をする。けれどもチューナーや音叉《おんさ》を頼りに音を正確に調整する……という奏者は少ないらしく、頼りにするのは自らの耳。そもそも合奏する機会がかなり稀なので、自分の心地良い高さに、自分の耳で揃える、というので大きな問題がないようだ。

古琴は、文人たちが私的な空間で嗜んでいた楽器である。祝祭のようなハレの場で、中国雅楽の楽団の一員として合奏に使われていた記録もあるようだけど、主にケの中で親しまれてきた楽器だ。古琴の音は小さいから、合奏となると大きな音に掻き消されてしまうため、現代の奏者の多くもソロ楽器として古琴を弾いている。

けれども過去の山水画などを観れば、奏者が山の中で、もしくは山にひっそりと佇む小屋の中で古琴を演奏している姿が描かれている。そうした空間ではもちろん、鳥や虫の声、風が葉をこする音、小川のせせらぎ……さまざまな他者との合奏を楽しんでいたのだろう。

大勢に魅せるためではなく、まずは自分のために。身体と、楽器と、そして自然と繋がるために。呼吸を整え、耳を澄ませて、音の響きを身体で感じていると、まるで自分の側を調律しているような気持ちにさえなってくる。

朝起きてすぐ、古琴を弾いてみる。まだ身体が縮こまっているらしく、少し音が固い。そこで一旦身体を動かして、深呼吸をしてからふたたび弾く。そうして自分の状態を見ながら、少しずつ指を慣らしていく。すると昨日できていなかったことが、今日はできるようになっていることに気がつく。

あぁ、いまの音は心地良く響いたな……とその残響に身体を委ねながら、言葉では到底表すことのできない満たされた気持ちに包まれるのだった。

誰もが静寂の奏者となるこの場所で

古琴のように内省的で、静かな楽器があったのか……という感動を綴った文章を受けて、小さな音を愛する友人が「古琴、興味深いです。まるでクラヴィコードみたいだ」と教えてくれた。

その友人、というのはピアニストの務川慧悟くん。彼は2012年、東京藝術大学在学中に日本音楽コンクールで1位を受賞、その後超名門であるパリ国立高等音楽院に首席で合格し渡仏。現在もパリに拠点を置きながら、毎週世界のどこかで演奏活動をしている引く手数多のピアニスト……なのだけれど、最近までは忙しい演奏活動の傍ら同音楽院の古楽科に在籍し、フォルテピアノを学んでいた。

フォルテピアノといえば18世紀に登場した今日のピアノの前身ではあるけれど、それよりももっと前。14世紀頃に生まれたクラヴィコードは、その鍵盤を叩くとより小さく繊細な音の出る古楽器だ。バッハはオルガンやチェンバロよりも繊細な音の表現ができるクラヴィコードを一番に愛して、書斎の机の上にそれを一台置いて作曲していたのだとか。ただその小さな音故に合奏や演奏会向きではなく、徐々に奏者人口は減り、一度は途絶えてしまったという歴史を持つそうだ。

古琴やクラヴィコードのような音の小さな楽器が、部屋の中で奏でられていた頃——音楽というのは、いまよりもずっと暮らしの内側に収まるサイズの、私的なものが多かったのかもしれない（その二つの産まれた時代には千数百年以上の開きがあるのだけれど）。でもさまざまな楽器の音は他に負けないように、大人数に聞こえるようにと改変を重ねられ、今日はクラシック音楽であれ数千人——さらにポップスともなれば数万人を収容できる会場で、大きな音を響かせている。もっとも、いま私たちが触れている文化の多くは経済の仕組みの中に居場所を確保しているのだから、そうなってしまうことは自然な成り行きでもあるのだろうけれど。

もちろん務川くんのようなピアニストは、大きなコンサートホールの客席を満たして、そこを溢れんばかりの音で響かせることが仕事でもある。でもそんな華やかな場で勝負の連続である日々を過ごしながらも、「古琴、勉強してみたいな……いや、でもいま一番欲しいのはクラヴィコードなんですよね……」と、小さな音を奏でる楽器に焦がれ続けているようだった。

いや、むしろ華やかな日々を過ごすからこそ、閉ざされた空間で奏でられてきた私的な楽器に惹かれるのかもしれない。聴衆が立ち入ることのできない、演奏家と楽器だけの秘密の空間――。務川くんは、自身の最高傑作とも呼べるような演奏は、そうした私的な空間にときおり立ち現れてくれるのだと言っていた。彼曰く、大きな舞台で聴衆からの期待を受けるからこそ達することができる境地もあるけれど、誰もいない部屋の中で気軽に弾く〝か弱い〟音楽との至福の関係性があるからこそ、自らを信じて演奏家を続けていくことができるのだとか。凪のような穏やかな時間の内側にこそ、表現の真髄があるのだと自らの体験をもとに確信しているのだ。


共感……というと烏滸《おこ》がましいのだけれど、私にとっての文章を書く行為にも少しだけ近いところがある。文章を書くためには心の機微が必要で、それが強烈な興奮や怒りのときもあれば、極めて微かな痛みや安堵であることもある。無論、激しい喜怒哀楽を伴った文章は伝わりやすいし、世間からの反響も大きい。そうした強い文章の持つ力によって、私は社会との関係を築いていくこともできた。

けれども、なにもないように見える平凡な日常にふと浮かび上がってきた微かな感情に立ち会えたとき。この感情に輪郭を与えていかなきゃならない——と急いで机に向かうと、想像もしていなかったような言葉がこんこんと湧いてくることがある。そうして文章を書き上げられたときには、ほかとは比べようのない満たされた気持ちに包まれるのだった。

ＳＮＳ時代に文章を書くことを仕事にしていると、珍しい体験や、極端な自論、ドラマティックな出来事ばかりを求められる節があるけれど、取るに足らない日々において確かに感じている、見ている、聴こえている……そうしたささやかな感覚を文章にしていくことにも意味がある。小さな声を受け止めてくれる相手も、きっといるだろう。そして音楽は——いや彼の静かな音楽は、受け手との理想的な関係を現実の中で確かに提示してくれていた。

２０２２年の12月21日。浜離宮朝日ホールで開かれた務川くんのリサイタルでの情景は忘れ難い。その日の夜、袖から登場した務川くんはスポットライトを浴びながら、温かな拍手で迎えられた。そして彼が椅子に座り、呼吸を落ち着ける頃には、しんとした静寂が訪れた。その緊張感のある空気の中で悲哀を感じるイ短調の旋律が始まり、あぁ、これはまるで現《うつつ》に立ち現れた夢だな……と、私は静かに興奮した。

曲名は『ガヴォットと6つのドゥーブル』。彼の愛する古楽器たちが主流だったバロック時代にフランスで活躍した作曲家、ラモーの曲である。かつてのパリの街の晩秋、少しだけ紅葉が残った黄土色の寂れた街並みが心の中に立ち現れてくるような楽曲だ。その街で心に傷を抱えた誰かが、痛みと静かに向き合いながらも、ゆっくり歩いているような――。

務川慧悟くんは2018年の浜松国際ピアノコンクールで、そして2021年のエリザベート王妃国際音楽コンクールでもこの曲を演奏している。幼い頃からピアノを弾いて生きていきたいという夢があった彼にとって、コンクールというのはできれば避けたい、けれども挑まざるを得ないものでもあった。勝ち負けを競う場は好きではないけれど、そこを勝ち進んでいかなければそれを生業としていくことが難しい――そんな状況下で、彼はこの静かな曲と共に歩んでいくことを決めたようだった（ちなみに彼の演奏がオンラインで配信された後、決して有名ではなかった『ガヴォットと6つのドゥーブル』の譜面は各地で品切れになったそうだ）。

結果、コンクールでの素晴らしい演奏によってKeigo Mukawaの名前は国際的なものとなり、勝ち負けの場からはしばらく距離を置くことが叶った――とはいえ、現代の演奏家として生きていくことは彼にとってさまざまな矛盾を抱かせている面はあるのだろう。

実際、彼が敬愛するフォルテピアノの恩師であるパトリック・コーエン先生は、スマホはおろか、テレビやパソコン、固定電話さえ持たず、フランスの田舎町でフォルテピアノを弾きながら暮らしているのだという。小さな音に耳を済ませ、自らの感覚を研ぎ澄ませて生きていこうとするには、現代はあまりにも粗暴な音で溢れすぎているのかもしれない。

けれども彼が、いくらかの自己矛盾を抱えながらも、この社会の中で演奏家として歩み続けてくれている――そうした姿が、同時代を生きていく上で大きな勇気を与えてくれるのだ。

彼の真骨頂とも言われているラモーの演奏。それは決して派手なものではないし、彼の持つ超絶技巧をわかりやすく提示するものでもない。でもコンサートホールの全ての客席を満たす観客たちは、その静かな一曲を心待ちにし、彼の奏でる僅かな音の変化も聴き逃すまいと静寂を守っているのだった。そこにいる観客みんなが静寂の奏者になりながら、彼の描く世界に心を委ねる――そうした空間の一体感に深い安堵を覚えながら、私はかつて演出家が教えてくれた「小さな声で話すこと。そうすれば周りの人は音量を下げ、耳を傾けて、あなたの声を聴いてくれますよ」という言葉を思い出していた。

この言葉に触れたときの私はまだ子どもだったから、「小さな声で話す」という行為の主体側にしか意識が向いていなかった。けれども私はいまこの空間で、持てる感覚をすべて集結させて音に耳を傾けている。小さな声を受け取る側は、ただ黙っていれば良い、という訳ではない。そこにある繊細な物語を読み解き、受け止めるだけの器量が確かに求められている。

誰もが静寂の奏者となるこの場所で――私は耳を澄ませるという行為の中に広がる、豊かな世界を垣間見た。この場に響くささやかな音を、音と音の間にある静寂を、どれだけ感じ取れているだろうかと自問する。ささやかな音の、なにげない日常の中に宿る美しき景色を、私はどれだけ掬い上げられているだろうかと。

小さな声の向こうに広がる世界を深く知るためには、感覚をひらき、学び続けていく必要がある。それは一朝一夕にできることではないし、30代のいまはその入口に立ったばかりなのだろう。つまりまだ知らない世界が、ここに既に存在しているのかもしれない――そう気がついた途端、心の中にまたこんこんと、言葉が立ち現れてくれるのだった。

あとがき

いまの時刻は夜明けの5時——。山の間に浮かんだまるい月が、あたり一帯の雪を白銀色に照らしています。「本の執筆が一段落した暁には、一番好きな場所で少しだけ休もう」と計画していたために、本文の入稿を終えて山梨の乙女湖の畔にあるホトリニテという宿に来ているのですが、そこであとがきを書いているというのは少々誤算……。とはいえ、ここまで綴ってきた「小さな声」を振り返りながら最後の文章を書くには相応しい、静謐な空気に包まれた美しい湖畔です。

アメリカからの帰国を決めた2021年の春頃に書き始めたものから、2024年の冬の終わりまで。こうした3年間の歳月を一冊の本として編纂していく中であらためて驚いたのは、度々出てくる友人たちの存在感。そうした関係性から生まれた時間やそこでの記憶、そして彼ら彼女らの表現活動が、本書に豊かな彩りをもたらしてくれています。そもそも「〝意識高い系〟おんなともだち」の一篇で触れていた通り、私は一対一の人間関係を構築していくことに対する苦手意識を抱いていたのですが……これはかりはエッセイストという生業に救われたところが大きいようです。

秘密のお喋りのようなものを社会の片隅に出陳し続けていると、それに気がついた人からこちらに言葉をかけてくれる。「文章、読みましたよ」から始まるお喋りはいつだって、豊かな対話に発展していく可能性に満ちています。だってこちらは既に、内側にある感情の昂ぶりを相手にお見せしてしまっているのですから、今度はそれに呼応するようにしてあちらも秘密のお喋りを始めてくれるのです。

心を資本に仕事をしていくのは危うさがある——この本の冒頭でエッセイストという仕事の厄介な面に触れていましたが、同時に稀有な出会いも運んでくれる。文章から広がる世界の面白さに魅了され続けているのだから、多少の自己矛盾を抱えてしまったとしても、これからも変わらずに書き続けていくことになるのでしょう。

そしていま密かに楽しみにしているのは、今年の夏から画家の Aesther Chang が日本での長期滞在を予定していること。昨年少しだけ彼女と京都で過ごした折、美しさを探求し続けている友人が手掛けた空間にしばらく滞在させてもらったのですが、次に来日する際はそこでしばらく滞在制作を……という具合に話が進み、具体的な日程を目下調整中です。間の文化の中で豊かな感性を育んできた彼女が、日本の気候風土や風俗、素材と向き合いながら過ごす中でどんな発見をしていくのか……そうした瞬間に、私も友として立ち会えることができればと夢見ています。

本当は、私自身が彼女のための目的地をこしらえて、そこに迎え入れることが一つの目標ではありましたが、現実というのはなかなか理想通りには進みません。いまは不妊治療中のために通院圏内から離れすぎることもむずかしく、同時に夫の通勤圏内から遠く離れて暮らすというのも非現実的。これまでであれば迷うことなく挑戦していたような出来事も、しばらくは遠くから見守るのみ……という少々もどかしい日々でもあります。

子どもを産み育てるという決して珍しくない望みを持つことで、人生の選択肢は限られたものになってくる。そうした現在の社会の仕組みに違和感を抱きながらも、同志の存在には大いに助けられています。Aesther の滞在を一緒に心待ちにしてくれる各地の友人をはじめとして、これまで人生の中で出会ってきた、美しき世界の実現に心を燃やしている同志たち。各地にいまも残る文化の背骨を継承しながら、自らの技を磨き、そしてあらたな道を模索し続けている作り手たち――。自分ひとりの行動範囲は限られていたとしても、同志と呼べるような人たちとゆるやかに連帯をしていくことで、美しい景色を少しずつ広げていくことができるんじゃなかろうか、と感じています。

そうした中、あまりにも痛ましい出来事もありました。2023年12月31日、私は「古く美しい暮らしは、なぜ消えた？」という一編をnoteに公開し、これにてようやく仕事納め……と一息ついて、大阪の実家で年越しを過ごしていました。そして元日、幼い姪と遊んでいたところに何度も鳴り響いた緊急地震速報。古い家の中で経験する地震に怯える姪を「大丈夫、大丈夫……」とあやしていたのですが、その被災の中心地となった能登半島の悲惨な状況が明らかになっていくにつれ、言葉を失ってしまいました。

美しく光る黒瓦が、昨日までそこに確かにあった暮らしの上に、無惨に崩れ落ちている――。古く美しい街並みであった、ということも因果の一つとなり、そこで生きていた方々の尊い命が失われてしまったというあまりにも無惨な現実。なんて酷いことが……と大きな落胆を抱いてしまいましたが、それから1ヶ月半が過ぎた頃。仮設住宅の前に並んだ輪島本町商店街の方々の写真と共に、「この地で1000年以上商いを受け継いできた本町商店街は必ず復活します。行政と連携しつつ、まずは防災に強い建築家さんを探すことから始めます。」という文章がSNSに公開されていました。投稿主は、自宅も職場も失ってしまったという漆芸家の桐本滉平さん。美しい漆塗りのプロダクトを手掛けられている、私もかねてからこっそりご活躍を追いかけていた職人さんでした。

理不尽なほどに災害が続くこの国で、過去から受け継がれてきた文化を守っていくことはちっとも容易《たやす》いことではない――。そんな事実を突きつけられながらも、桐本さんは仲間たちと前を向き、復興を進めておられます。そんな勇姿に大きな敬意を抱きながら、いち物書きとして、できることはあるのだろうか……と考えていました。まずは微力ではありますが、この本の著者印税の一部を能登半島地震で被災した現地の産業復興のために寄付させていただきます。

そして古い街並みや道具を愛する一人の人間として、長く受け継がれてきた文化や産業が抱える課題や現在地を深く知り、それを伝えていくことも、私が取り組んでいくべき仕事ではないかと思い至るようになりました。

無論、個人の力で実現できることの範囲はあまりにも狭く、限りがあります。けれども、誰かが耳を傾けなければ掻き消されてしまうかもしれない小さな声を、適切な形で届けていくことはできるはず。そうした取り組みを何年もかけて続けていくことで、見えてくる地平もあるはずです。

さて、この文章を書き始めた頃に雪を白銀色に輝かせていた月はすっかり姿を消して、いまは明るい陽の光が雪を溶かし始めています。時折強い木枯らしが吹けば湖の上にキラキラと雪が舞い、それがこの世のものとは思えないほどに美しい。「この場所の素晴らしさを伝えていきたい」と人里離れた山の上でホトリニテという宿を始められた高村ご夫妻もまた、文章を通して出会うことができた同志でもあり、そうした場所で本書を締めくくれることを嬉しく思います。

本書は多くの方に支えていただき、完成させることができました。まずは、この本の土台にもなっているnoteの『視点』を購読してくださっているみなさま、本当にいつもありがとうございます。

不妊治療の日々を綴った一連の文章は、産婦人科医の稲葉可奈子先生に大変細やかなご確認をいただき、自信を持ってお届けすることができました。そしてこの本の中でもとりわけ大切な一節となった「小さな声で話すこと。そうすれば周りの人は音量を下げ、耳を傾けて、あなたの声を聴いてくれますよ」という言葉は、演出家の仲川利久先生が教えてくれた言葉でした。この本が完成した暁にはお送りしたいと思っていたのですが、一昨年88歳で鬼籍に入られていたことをつい先日知りました。直接感謝をお伝えすることができなくなってしまったことが悔やまれます。そしてこの本を共につくりあげてくださった編集担当の山本浩貴さんと、私が机にかじりついている間に炊事洗濯などを進んで引き受けてくれた夫に、心からの感謝を伝えます。

このささやかな本があなたにとって、秘密の友人のような存在になれることができれば
……と願っています。

2024年冬の終わり、雪が舞う山中の湖畔にて。

塩谷舞

クレジット

口絵2頁（下段右）李禹煥《応答》アクリル絵具／カンヴァス　291㎝×218㎝　2021年　東京都現代美術館蔵「国立新美術館開館15周年記念　李禹煥」国立新美術館　2022年　展示風景　撮影：中川周 ©LEE Ufan

口絵2頁（下段左）AKI INOMATA《彫刻のつくりかた》（2018-）森美術館にて　撮影：Asaoka Eisuke

口絵5頁（上段右）撮影：堀越圭晋／SS Tokyo

口絵6頁（上段）写真：砺波周平

初出一覧

「ふつうの暮らしと、確かにそこにある私の違和感」『広告』vol.４１７（２０２３年３月31日発行）
「脱・人間中心のアート」『Hanako』２０２２年３月号
「たとえ喧騒の中であれ、小さな声で、話してみること」『Hanako』２０２２年８月号

書き下ろし
「ここに目的地をつくる」
「暮らしの背骨を取り戻す」
「"Farsickness" それは遠い場所への憧れ」
「誰もが静寂の奏者となるこの場所で」

他は note の連載『視点』２０２１年２月〜２０２４年２月よりセレクト。
収録にあたって、大幅な加筆・修正を行っています。

塩谷舞（しおたに・まい）
1988年大阪・千里生まれ。京都市立芸術大学卒業。大学時代にアートマガジン『SHAKE ART！』を創刊。会社員を経て、2015年より独立。2018年に渡米し、ニューヨークでの生活を経て2021年に帰国。文芸誌をはじめ各誌に寄稿、note定期購読マガジン『視点』にてエッセイを更新中。総フォロワー数15万人を超えるSNSでは、ライフスタイルから社会に対する問題提起まで、独自の視点が人気を博す。著書に『ここじゃない世界に行きたかった』（文藝春秋）。

装画　Aesther Chang「Ether .02」
装丁　大久保明子

小《ちい》さな声《こえ》の向《む》こうに

2024年4月10日　第1刷発行

著　者　塩谷《しおたに》 舞《まい》
発行者　小田慶郎
発行所　株式会社 文藝春秋
〒102-8008
東京都千代田区紀尾井町3-23
電話　03-3265-1211
DTP　エヴリ・シンク
印刷所　精興社
製本所　加藤製本

ISBN978-4-16-391829-7
Printed in Japan